AF209642

Die Brandstifter

Rico Monn ermittelt

Band 6

Birmensdorf 2025

Inhalt

Lektorat + Manuskriptbearbeitung

Helen Gysin, Uster

Kapitel 1

Ein Brandopfer

Drei Ärzte standen um das Krankenbett. Das Opfer lag auf dem Laken und war fast vollständig in Verbände eingepackt. Die Ärzte sahen einander an und wussten nicht so recht, wie sie dem Opfer helfen sollten.

„Wir müssen versuchen, mit künstlicher Haut eine Besserung zu erwirken", meinte Dr. Gubser.

Die beiden anderen Ärzte sagten, dies sei nicht mehr möglich. Der Patient hatte Verbrennungen dritten Grades und seine Haut war zu fünfundneunzig Prozent verbrannt.

Gubser recherchierte nach Krankengeschichten von Patienten mit grossen Flächen von transplantierter Haut und stiess dabei auf einen sehr seltenen Fall:

Französische Chirurgen hatten einem Brandopfer das Leben gerettet, indem sie die nach eigenen Angaben umfassendste Hauttransplantation aller Zeiten durchgeführt hatten. Dem

Mann hatte ein Feuer fünfundneunzig Prozent seiner Haut irreversibel verbrannt.

Am nächsten Tag kam seine Familie ins Krankenhaus, darunter auch sein eineiiger Zwillingsbruder. „Da gab es plötzlich grosse Hoffnung", sagte der Arzt. Denn anders als bei anderen Spendern stösst das Immunsystem eines Patienten transplantierte Haut von genetisch identischen Zwillingen (eineiige Zwillinge) nicht ab.

Der Bruder liess sich insgesamt die Hälfte seiner Haut abnehmen, um das Leben seines Bruders zu retten. Mit einer Spezialmaschine wurde sie gedehnt, um die verbrannten fünfundneunzig Prozent beim Opfer abzudecken.

Dieser Fall genoss Gubsers gesamte Aufmerksamkeit und er versuchte herauszufinden, ob ihr Patient ebenfalls einen eineiigen Zwillingsbruder hatte.

Stefan Gubser beauftragte einen der Assistenzärzte, den Bruder ausfindig zu machen und ihn ins Spital zu bitten.

Der Assistenzarzt hatte den Bruder ausfindig gemacht. Dieser kam ins Spital und wurde von Dr. Gubser empfangen.

„Meine erste Frage an Sie: Sind sie beide eineiige Zwillinge?"

„Nein, wir sind zweieiige Zwillinge. Wieso fragen Sie, spielt das eine Rolle?"

Sichtlich enttäuscht erklärte ihm Dr. Gubser, dass die Möglichkeit bestanden hätte, den Bruder zu retten. Eine Hauttransplantation sei aber nur bei eineiigen Zwillingen möglich, da die Haut sonst abgestossen werde.

„So können wir die Operation leider nicht durchführen, weshalb Sie sich von Ihrem Bruder verabschieden sollten. Er wird die kommende Nacht kaum überleben."

„Wissen unsere Eltern davon?", fragte der Bruder.

„Bis jetzt habe ich die Eltern nicht erreicht. Vielleicht können Sie das übernehmen?"

Dr. Gubser orientierte sein Ärzteteam über den Sachverhalt

und den Umstand, dass der Patient sterben werde: „Leider gibt es noch keine Universalhaut, die vom Körper nicht abgestossen wird. Die Forschung ist zwar dran, aber es wird noch Jahre dauern."

Das ganze Team war bedrückt über die ausweglose Situation, war doch kurz eine geringe Hoffnung aufgeflammt, die nun zunichte war.

„Wir werden den Patienten mit Morphium weiterbehandeln, damit er wenigstens schmerzfrei sterben kann. Er wird das Bewusstsein so oder so nicht mehr erlangen", bemerkte einer der Assistenzärzte.

Die Eltern, der Zwillingsbruder sowie die jüngere Schwester standen um das Bett herum und verabschiedeten sich unter Tränen von ihrem Sohn und Bruder. Dr. Gubser begleitete die Familie in ihrem Schmerz. Er war ein Arzt mit grosser Empathie. Persönliche Anteilnahme war schon seinem Vater, seinerseits Arzt, ein echtes Anliegen gewesen. Er war zwar nur ein Landarzt mit eigener Praxis, aber seine Patienten waren ihm stets sehr wichtig gewesen.

Die Familie fand in der Tatsache Trost, dass der Patient nicht leiden musste und die Ärzte ihr Bestes gaben.

Dr. Gubser wusste, dass sein Dienst schon seit Stunden vorbei war und er eigentlich Feierabend hatte. Er könnte zu Hause sitzen, ein Bier trinken oder einfach schlafen. Er wollte aber das Brandopfer in der voraussichtlich letzten Nacht begleiten, auch wenn dieses nichts mehr spürte. Ihm war es wichtig.

Um 04.20 Uhr ertönte ein Dauerpfeifen auf dem Monitor und er wusste, dass dies das Ende war.

Er legte ein weisses Laken über den ganzen Körper und bedeckte auch das Gesicht. Dann schritt er an den Abteilungstresen und ordnete die Wegführung des Toten zur Aufbewahrung an. Er begab sich in sein Ärztebüro und telefonierte mit dem Bruder. Dieser hatte ihn gebeten, egal zu welcher Zeit anzurufen, wenn der Patient verstorben war. Er nahm die Nachricht recht gefasst auf und Dr. Gubser bat ihn, die restliche Familie zu orientieren.

Dann setzte er sich an den Schreibtisch, klappte den Laptop auf und schrieb eine E-Mail an Frau Sophie Wulschleger.

„... wie vereinbart orientiere ich Sie, dass Herr Helmut Graf heute Nacht um 04.20 Uhr seinen Verletzungen erlegen ist. Die Leiche wird zur Obduktion an unseren Pathologen übergeben. Sie erhalten den Bericht innert zwei Tagen ...“

Die Staatsanwaltschaft musste orientiert werden, weil der Mann Opfer einer Brandstiftung war, juristisch ausgedrückt: Brandstiftung mit Todesfolge (§ 306c StGB).

Sophie Wulschleger sass am Frühstückstisch und unterhielt sich rege mit Rolf, ihrem Mann. Sie planten Ferien auf Mallorca und diskutierten bereits über die Restaurants, die sie besuchen wollten.

Dann schaute sie zufällig auf ihr Mobiltelefon und sah, dass sie eine E-Mail vom Triemlispital erhalten hatte.

„Mein Brandopfer ist verstorben. Damit haben wir einen Mordfall“, sagte sie zu Rolf.

„Dann kommt jetzt dein Ermittler Monn wieder mal zum Zug."

„Ja, das ist richtig. Ich werde ihn gleich anrufen", meinte Sophie und stellte seine Nummer ein.

„Hallo Rico, wie geht es dir? Ich habe einen neuen Fall, bei dem du mitarbeiten kannst. Hast du Lust und Zeit dafür?"

Rico Monn freute sich über das Angebot und nahm es gerne an.

„Darf ich Maya auch wieder mit einbeziehen?"

Sophie bejahte und bestätigte, dass die Honorierung von Maya dieselbe sei wie die von Rico, da sie inzwischen die Prüfung und Lizenz als Privatdetektivin abgeschlossen hatte.

Rico fragte: „Wollen wir uns wie immer im Odeon treffen, was meinst du?"

„Das ist eine sehr gute Idee. Ich schlage vor, dass wir uns morgen um neun Uhr zum Kaffee treffen."

„Wäre elf Uhr nicht besser? Dann könnten wir gleich einen kleinen Snack zu uns nehmen und einen Apéro trinken", meinte Rico.

Sophie hatte um elf Uhr bereits einen Termin. Also verabredeten sie sich um neun im Odeon.

Sophie verabschiedete sich von Rolf und machte sich auf den Weg ins Büro.

Rico telefonierte mit Maya Engel, seiner Partnerin. Sie wohnte allein in einer kleinen Wohnung in Zürich Seebach. Sie fühlte sich wohl so. Rico war zwar ein angenehmer Zeitgenosse, aber Maya liebte ihre Freiheit. Zudem hatte sie bereits viele Jahre allein gelebt, bevor sie Rico kennenlernte. Auch während ihres Engagements in einer Sekte. Sie fand es überhaupt kein Problem, dass sie getrennte Wohnungen hatten. Rico sagte zwar immer: Eine gute Beziehung ist von Dauer, wenn man in getrennten Wohnungen lebt. Aber wirklich überzeugt war er nicht von dieser Aussage, Maya dafür umso mehr.

„Maya, wir haben einen neuen Fall. Wir können wieder gemeinsam daran arbeiten. Wir treffen Sophie morgen früh im Odeon."

Maya wollte wissen, um was für einen Fall es sich handelte.

„Das kann ich dir auch nicht sagen. Sophie wird uns das morgen erzählen", bemerkte Rico.

„Wollen wir heute Abend wieder einmal ins Kino gehen und einen spannenden Film schauen? Kommst du vorher zu mir?", fragte Maya und Rico sagte zu.

Er fuhr nachmittags gegen fünf Uhr nach Seebach, bog in die Sackgasse ein und parkierte seinen Wagen auf einem Privatparkplatz. Er meinte, dass dies nur für wenige Minuten sei. Er wollte Maya abholen und mit ihr zuerst etwas Schönes zu Abend essen.

Er klingelte und drückte gleichzeitig die Klinke. Die Tür war verschlossen. Maya hasste es, wenn er einfach eintrat. Sie betrachtete ihn nicht als Fremden, aber es war ihre Wohnung und er sollte warten, bis sie die Tür öffnete.

Er blieb im Türrahmen stehen.

„Ich hole dich ab. Wir gehen zum Essen. Mein Wagen steht auf einem privaten Parkplatz, wir müssen uns beeilen." Maya fragte, wohin er zu gehen gedenke.

„Ich dachte, wir könnten ins Restaurant Birchegg gehen. Das ist ganz speziell. Man kann nichts auswählen. Du musst essen, was der Koch gekocht hat. Auch der Wein ist vorgegeben. Ich war schon länger nicht mehr dort, aber ich denke, es wird dir gefallen."

Maya griff nach ihrer Tasche und schloss die Wohnungstür ab.

Als sie vor seinem Wagen standen, musste Rico feststellen, dass ihm in der kurzen Zeit wohl jemand aufgelauert und eine Busse für zweihundert Franken unter die Windschutzscheibe gelegt hatte.

„Das darf doch nicht wahr sein, so ein Mist", fluchte Rico. „Das war wahrscheinlich wieder so ein blöder Hauswart, der nichts anderes zu tun hat."

Maya lachte laut. Sie hatte ihm schon mehrmals gesagt, er solle doch einen der Besucherparkplätze nehmen. Aber da müsste er hundert Meter laufen.

„Können wir trotzdem essen gehen oder hast du jetzt kein Geld mehr?", spottete Maya.

Rico reagierte nicht, öffnete die Beifahrertür und bat Maya einzusteigen.

Sie sassen an einem langen Tisch, zusammen mit einigen anderen Leuten. So wie er die Situation einschätzte, waren alles Geschäftsleute.

Maya und Rico sassen zwischen den Leuten und einander gegenüber. Der Wirt kam persönlich an den Tisch und legte einen Zettel vor sie hin. Darauf stand, was es zu essen gab. Dann schenkte er den Wein ein und wünschte good luck. Seltsam, fand Maya, aber der Wein schien ihr zu schmecken.

Nach einer Weile stellte der Wirt einen Teller mit selbst gemachten Ravioli an einer Knoblauchbuttersauce auf den Tisch und wünschte nochmals good luck. Als weiterer Gang servierte er Brasato an Barolo-Rotweinsauce, dazu Polenta. Gemüse gab es keines. Rico war froh darüber. Er sagte zu

Maya, dass er wegen des Gemüses von zu Hause ausgezogen sei und lachte.

Sowohl Maya als auch Rico fanden das Essen sensationell. Sie genossen den Wein und gaben ihre Teller komplett leer zurück. Maya sagte zum Wirt, dass sie auf das Dessert verzichte. Rico korrigierte sie sofort und bestellte das Hausdessert, zwei Mal.

Er meinte zu Maya, dass sie den Wirt nicht verärgern solle.

Sogar den Film, den sie schauten, fanden beide sehr gut. Maya sagte: „Also alles in allem ein sehr gelungener Abend."

Kapitel 2

Der neue Auftrag

Sophie sass an einem kleinen Tisch am Fenster und schaute auf das Limmatquai hinaus. Sie beobachtete gerne Menschen. Vor allem ihre Kleidung fand sie spannend. Sie fühlte sich stets inspiriert und schaute sich in den Boutiquen nach etwas Ähnlichem um.

„Hallo Sophie", rief Maya schon am Eingang und winkte ihr heftig zu. Sophie stand auf und ging ihnen entgegen. Sie umarmte Maya und drückte sie. Auch Rico wurde umarmt. Schliesslich gehörte er langsam zur Familie.

Sie setzten sich und Sophie streckte die Hand in die Höhe. Der Kellner sah dies, kam an den Tisch und fragte die beiden neuen Gäste, was sie trinken möchten. Sophie wollte ja Kaffee trinken gehen, also bestellten auch sie einen Kaffee.

Sophie griff in ihre Handtasche und nahm eine Akte heraus. Sie entnahm dieser ein Memo, das sie extra für dieses Treffen geschrieben hatte. Sie reichte es Rico und er las es sorgfältig durch.

Unterdessen wurde der Kaffee serviert und Rico nahm einen grossen Schluck. Er liebte heissen Kaffee. Maya und Sophie nicht. Beide bliesen vor jedem Schluck über die Tasse.

„Nun, was meinst du?", fragte Sophie.

„Du musst uns etwas mehr Informationen geben. Wie ich sehe, geht es um Brandstiftung."

„Ja, das ist richtig. Gestern Nacht ist ein Brandopfer im Spital verstorben. Somit geht es um Mord, das heisst Brandstiftung mit Todesfolge. Der forensische Dienst hat zusammen mit dem Brandermittler bestätigt, dass es Brandstiftung war. Es wurde Brandbeschleuniger verwendet. So wie ich das beurteile, handelt es sich zudem um einen versuchten Versicherungsbetrug. Was wir bis anhin ermitteln konnten, ist, dass der in Brand gesetzte Laden kurz vor dem Konkurs stand. Da kommt ein Brand sehr gelegen. Was sicher nicht vorgesehen war, ist die Tatsache, dass ein Mensch in den Flammen umgekommen ist", erklärte Sophie.

„Eure Aufgabe besteht darin, einerseits den Täter zu finden und andererseits den Versicherungsbetrug nachzuweisen. In vielen solchen Fällen bleibt es nicht bei einem Brand. Ich befürchte, dass wir es mit einem Feuerteufel zu tun haben. Darum müsst ihr den Brandstifter so rasch wie möglich dingfest machen, damit es zu keinen weiteren Bränden kommt", fuhr Sophie weiter.

Rico und Maya fanden, dass das ein richtig spannender Fall sei, und sie bedankten sich bei Sophie für den Auftrag.

Beide fuhren an die Freudenbergstrasse 92. Man sah schon von Weitem, dass das ganze Haus einem Vollbrand zum Opfer gefallen war. Die Sonnenuhr an der Südfassade liess sich nur noch mit viel Fantasie erkennen.

„Siehst du einen Laden in diesem Haus?", fragte Maya.

Auch Rico erkannte keinen Laden.

„Vielleicht meinte Sophie ein Atelier in einem Privathaus. Es sieht aber so aus, als wären nur Wohnungen drin gewesen", meinte Rico.

Bei genauerem Hinschauen erkannte Maya ein ebenerdiges Schaufenster mit einer separaten Eingangstür. Alles völlig ausgebrannt, aber dennoch erkennbar.

„Das muss der Laden sein, den Sophie gemeint hat."

Das Objekt wurde von der Feuerwehr sorgfältig und sicher abgesperrt. Sie getrauten sich nicht, das Gebäude zu betreten. Es schien ihnen zu gefährlich. Also schauten sie nur von aussen. Rico meinte, er wolle nochmals vorbeikommen mit dem Brandermittler, der könne ihm sicher Diverses dazu sagen.

Maya rief Sophie an und fragte, wer der Tote war.

„Das war ein Mieter der Wohnung über dem Laden. Also ein Unbeteiligter."

„Wem gehört das Haus?", wollte Maya weiter wissen.

Das konnte Sophie nicht beantworten. „Ich weiss nur, dass es eine Erbengemeinschaft ist. Wer Mitglied dieser

Gemeinschaft ist, kann ich nicht sagen. Das müsst ihr beim Grundbuchamt erfragen."

Rico und Maya fuhren in Ricos Kanzlei an der Höschgasse. Maya meinte, es sei an der Zeit, etwas Grösseres zu mieten. Rico war zwar zufrieden mit seinem Büro, aber er sah auch, dass die Räumlichkeiten zu eng waren, wenn Maya mitarbeitete. Er suchte schon seit einem Monat etwas Neues, hatte aber noch nichts Geeignetes gefunden.

Maya sass am Küchentisch und Rico an seinem Pult. Sie blätterte in der Zeitung und suchte nach Mietobjekten. Rico las im Internet Berichte über Brandstiftungen, die in letzter Zeit passiert waren.

Beide wurde nicht fündig.

Da klingelte das Telefon. „Hallo, hier spricht Rico Monn."

„Guten Tag Herr Monn, hier spricht Bereuter. Ich bin der Brandermittler. Frau Wulschleger orientierte mich, dass Sie mich sprechen wollen."

Rico bejahte und vereinbarte einen Termin am Schadensort.

„Für mich ist es wichtig zu erfahren, wie der Brand gelegt und welche Hilfsmittel verwendet wurden."

Bereuter, Monn und Maya Engel standen vor dem Brandobjekt. Diesmal durften sie es betreten, weil der Brandermittler sie führte. Er zeigte ihnen diverse Punkte im Brandherd, die nicht normal waren. Am Schluss standen sie vor einer Ecke, die vom Ermittler als Brandursprung bezeichnet wurde. Er erklärte, dass Schwefel als Brandbeschleuniger eingesetzt worden sei, eine Methode aus der Antike, aber auch heute nicht minder effizient.

Rico staunte: „Das muss jemand sein, der geschichtliches Wissen besitzt, vielleicht ein Lehrer."

Bereuter verneinte und berichtete, dass man sich diese Informationen ganz leicht im Internet besorgen könne.

„Gut", meinte Maya, „aber so richtig weiterbringen wird uns das auch nicht."

Maya und Rio fuhren zurück ins Seefeld und der Ermittler an

seinen Standort, die Brandwache in Wiedikon. Rico Monn war unzufrieden. Sie kamen keinen Schritt weiter. Weder wussten sie, wieso der Brand gelegt wurde, noch fanden sie einen Hinweis auf einen möglichen Täter.

Sie beschlossen, beim zuständigen Notar des Stadtkreises 7 nach den Eigentumsverhältnissen zu fragen. Dieser gab bereitwillig Auskunft und sie erfuhren, dass drei Personen zur Erbengemeinschaft gehörten. Der Notar übergab ihnen die Adressen und Telefonnummern. Damit kamen sie in ihren Ermittlungen etwas weiter.

Rico wollte jedem einzelnen Erben telefonieren, aber Maya fand es besser, persönlich bei ihnen vorzusprechen.

Also fuhren sie ohne Voranmeldung zur ersten Person, die als Miterbin aufgeführt war. Sie hatten Glück. Es war jemand zu Hause.

„Guten Tag, wir kommen von der Staatsanwaltschaft und ermitteln im Brandfall Ihrer Liegenschaft an der Freudenbergstrasse 92. Dürfen wir Ihnen ein paar Fragen stellen?", fragte Rico.

„Was meinen Sie mit Brandfall? Hat es dort gebrannt?"

„Ah, Sie wissen von nichts. Hat man Sie nicht informiert?", fragte Maya dazwischen.

„Nein, ich habe keine Ahnung. Ist es schlimm?"

Rico erklärte, dass das Haus einem Totalbrand zum Opfer gefallen sei und nichts mehr übrig war.

„Was ist mit den Mietern? Sind sie unverletzt?"

Rico versuchte so behutsam wie möglich zu sein, obwohl Maya ihm später vorwarf, er habe sich wie ein Elefant im Porzellanladen verhalten.

„Es hat einen Todesfall gegeben und wir nehmen im Moment noch an, dass es sich um einen Mieter handeln könnte. Weitere Verletzte oder Todesfälle sind nicht bekannt."

Die ältere Dame, sie hiess Annkatrin Leuchli, war schockiert. Sie pflegte mit allen Mietern ein enges und freundschaftliches Verhältnis. Sie bat die beiden Ermittler in die Wohnung und bot ihnen eine Tasse Tee an. Maya nahm dankend an. Rico meinte, dass er keinen Tee trinke.

„Es tut mir leid, ich habe keinen Kaffee."

Frau Leuchli wusste genau, um welchen Mieter es sich handelte. Es war nur ein einziger Mann als Mieter registriert. Die anderen drei Wohnungen waren an junge Studentinnen vermietet. Es waren 1 ½- und 2 ½-Zimmer-Kleinwohnungen.

„Haben Sie schon mit meinen beiden Schwestern gesprochen?", wollte sie wissen.

Maya antwortete: „Nein, Sie sind die Erste."

„Ich werde meine Geschwister telefonisch orientieren."

Rico bat Frau Leuchli, dies zu unterlassen. Er wolle sie persönlich aufsuchen und orientieren. Frau Leuchli sagte zwar ja, aber sobald die beiden gegangen waren, rief sie ihre Schwestern sofort an.

Rico und Maya konnten ihre Fragen nicht platzieren, weil die Frau ja nichts von dem Brand wusste. Zumindest hat sie dies glaubwürdig gesagt und sie glaubten ihr. Also fuhren sie zur nächsten Miterbin. Was Maya sehr speziell fand, war, dass die Erbengemeinschaft aus drei gleichaltrigen Schwestern bestand. „Wahrscheinlich sind das Drillinge. Sie haben alle am gleichen Tag Geburtstag. Dann muss das ja so sein", meinte sie.

Rico klingelte an der Haustür. Auch diese Frau wohnte in einem herrschaftlichen Haus direkt am Toblerplatz. Niemand öffnete.

Sie fuhren weiter nach Gockhausen. Dort wohnte die dritte Schwester. Nicht wie die anderen beiden in einer luxuriösen Villa, sondern in einem einfachen Reiheneinfamilienhaus in einem alten Quartier.

Verena Leuchli war die jüngste der Drillinge. Sie kam als Letzte auf die Welt.

Verena Leuchli öffnete die Tür und begrüsste die beiden Ermittler herzlich, gerade so, als würden sie zur Familie gehören. Sie bat sie herein und sie setzten sich an den Küchentisch. Frau Leuchli fragte, ob sie auch ein Glas Wein trinken wollten. Beide lehnten ab, es war noch zu früh. Frau Leuchli schenkte sich ein Glas Wein ein und füllte es bis an den obersten Rand. Das tun nur Alkoholiker, somit war das den beiden klar.

„Also Frau Leuchli …", begann Rico.

„Ich weiss es bereits. Meine Schwester hat mich angerufen. Da unsere Mieter ruhige und kultivierte Personen sind, trifft sie wohl keine Schuld an diesem Brand, es muss Brandstiftung sein."

„Ja, sie haben recht. Es war Brandstiftung. Der Brandermittler hat das bestätigt", sagte Monn.

Maya fuhr fort: „Ihre Schwester meinte, dass der Tote der einzige männliche Mieter sei. Ich gehe davon aus, dass dies auch Ihre Meinung ist."

Verena Leuchli verneinte und entgegnete, es könnte vielleicht auch ein männlicher Besucher der Studentinnen sein. Sie hätte die Leiche ja nicht gesehen.

„Würden Sie mit uns kommen und die Leiche im Forensischen

Institut identifizieren?", fragte Rico.

„Sie meinen jetzt gleich?"

„Ja, wir können gleich losfahren. Das Institut ist im Polizei- und Justizzentrum Zürich (PJZ) an der Güterstrasse 33 in Zürich. Das sind dreissig Minuten Fahrt", schlug Rico vor.

Frau Leuchli bestätigte ihr Mitkommen mit einem netten Lächeln, stand auf und zog sich eine Jacke über.

Eine medizinische Assistentin hob die weisse Blache vom Gesicht des Toten und Frau Leuchli schüttelte den Kopf.

„Nein, das ist nicht unser Mieter. Ich kenne diesen Mann nicht."

Rico war etwas überrascht, er war davon ausgegangen, dass es sich beim Toten um einen Mieter handelte. Nun denn, sie mussten Sophie Wulschleger orientieren und die Suche nach Personen zur Identifikation einleiten.

Maya wollte von Frau Leuchli noch wissen, ob sie sagen

könne, wo sich die anderen Mieterinnen befänden. Sie konnten ja nicht mehr in ihren Wohnungen sein. Doch Verena Leuchli konnte die Frage nicht beantworten. Sie meinte, dass ihre Schwester, die mit der Verwaltung der Liegenschaft betraut sei, sicher eine Telefonnummer habe.

Rico telefonierte mit Sophie und brachte sie auf den neuesten Stand. Sophie war etwas erstaunt, dass Rico meinte, man müsse nach der Identität des Toten suchen.

„Wir kennen den Namen des Toten, auch seine Familie. Er heisst Helmut Graf und stammt aus Zürich."

„Das steht aber nicht in deiner Akte", meinte Rico spöttisch. Dem widersprach Sophie vehement.

„Nun, das ist ja egal. Damit hat sich die Suche erledigt und wir können weitermachen", sagte Rico etwas verärgert über die nicht korrekte Aussage von Sophie.

Kapitel 3

Ein weiterer Brand

Zwei Personen, schwarz gekleidet, fuhren in einem Ford Transit in den Hinterhof der Liegenschaft Talstrasse 76 im Zentrum von Zürich. Es war 02.30 Uhr. Ein Bewegungsmelder erhellte den Hof und der Fahrer stellte den Wagen so auf einen Besucherparkolatz, dass er vorwärts rasch wieder wegfahren konnte. Sie stiegen beide aus, öffneten die hintere Klapptüre und entnahmen diverse Beutel und Behälter. Dann stellten sie sich unter ein Vordach beim Hintereingang und warteten, bis das Licht erlosch.

Da sie wussten, dass der gesamte Hinterhof aus Sicherheitsgründen mit Kameras überwacht wurde, trugen sie Roger-Staub-Mützen, tief ins Gesicht gezogen. Sobald es dunkel wurde, machte sich der eine Mann an die Öffnung des Türschlosses. Es dauerte lediglich dreissig Sekunden und sie konnten das Haus betreten. Der andere Mann zog einen Grundrissplan aus seiner Jackentasche und zeigte mittels

Handbewegungen den Weg. Sie platzierten an genau vorgezeichneten Stellen ihre Brandsätze auf allen vier Geschossen. Es war wichtig, dass das gesamte Haus gleichzeitig in Vollbrand kam, weshalb sie alles sorgfältig geplant hatten. Nach etwa einer halben Stunde war alles erledigt und sie verliessen das Gebäude auf dem gleichen Weg. Sie bestiegen den Wagen und fuhren los.

Nach ungefähr dreihundert Metern hielt der Fahrer an und montierte die Kontrollschilder wieder. Sie hatten sie demontiert, damit sie nicht von den Kameras erfasst wurden.

Sie sahen sich an und waren mit der Erledigung zufrieden. Dann fuhren sie weiter.

Der Beifahrer zückte sein Handy, nachdem sie das Central erreicht hatten, und stellte eine bestimmte Nummer ein. Sie beide wussten, dass mit dieser Kontaktnummer der Brand auf allen Geschossen und an den neuralgischen Punkten entfacht würde. Und so war es auch.

Gleichzeitig lösten alle Zünder die Brandsätze aus und entfachten in Windeseile ein starkes Feuer. Innert kurzer Zeit stand das ganze Haus in Vollbrand. Die Feuerwehr, die durch einen vorbeifahrenden Automobilisten aufgeboten wurde, war binnen zehn Minuten vor Ort und installierte die Bekämpfungsmassnahmen. Nach Beurteilung des Brandes bestimmte der Platzchef, dass zuerst die Nebenbauten geschützt werden mussten, worauf sie mit starken Spritzen die Dächer der beiden Bauten rechts und links besprühten. Dann begannen sie von unten mit drei weiteren Schläuchen den eigentlichen Brand zu bekämpfen. Die Feuerwehrleute mussten feststellen, dass sich der Brand sehr schnell und intensiv ausbreitete und ihnen nichts anderes übrigblieb als zu versuchen, den Brand zu löschen. Retten konnten sie das Gebäude nicht mehr. Sie waren der Ansicht, dass sich keine Personen mehr im Haus befanden, oder anders, wenn noch jemand drin war, dieser nicht mehr am Leben wäre.

Nach vier Stunden war der Brand unter Kontrolle und bis auf ein paar wenige Feuernester gelöscht. Also befahl der Chef das Abrücken bis auf drei Mann, welche die Glutnester beobachteten.

Brandermittler Bereuter betrat das ausgebrannte Haus und versuchte vorsichtig, von Stockwerk zu Stockwerk zu gelangen. Schnell begriff er, dass es sich um eine gut angelegte Brandstiftung handelte. Er fotografierte bestimmte Punkte und machte sich Notizen dazu. Später im Labor konnte festgestellt werden, dass Vergaserkraftstoff auf grossen Bodenflächen verteilt und durch Zünder entfacht wurde.

Es war also eindeutig Brandstiftung. Bereuter informierte die Staatsanwältin Sophie Wulschleger und übermittelte ihr seinen Bericht per E-Mail.

Sophie war nicht sonderlich überrascht, hatte sie doch vermutet, dass ein Feuerteufel am Werk war, der wieder zuschlug. Sie telefonierte mit Rico und unterbreitete ihm die Neuigkeiten.

„Hat es wieder einen oder mehrere Tote gegeben?", wollte Rico wissen.

Sophie meinte, dass sie bis dato noch keine Informationen habe, aber Bereuter habe nichts erwähnt.

„Nun, dann werden wir die Brandstelle besichtigen. Ich hole Maya ab. Willst du mitkommen oder reichen dir später meine Fotos?"

„Nein, Fotos reichen mir. Zudem bin ich mit anderen Fällen stark engagiert, habe also wenig Zeit."

Sowohl Rico als auch Maya machten Hunderte von Fotos. Rico sah verschiedene Bezeichnungen am Boden, die von Bereuter stammten. Diesen widmete er sich besonders intensiv, obwohl er nicht wusste, was die Zeichen bedeuteten, aber er nahm an, sie seien wichtig.

Maya sagte, dass das ganze Haus nach Feuer stinke und sie beide ihre Kleider nach dem Besuch waschen müssten.

Rico roch das gerne. So eine Mischung aus Grill und Regen. Maya konnte das nicht nachvollziehen, aber es war ihr egal.

Wie beim ersten Brand kontaktierten sie das zuständige Notariat und erfuhren so den Namen der Eigentümer.

Beide waren überrascht. Es war eine Frau namens Gerda Leuchli.

„Das ist mit Sicherheit kein Zufall", meinte Rico.

Maya rief die jüngste der Drillingsschwestern an und fragte, ob sie eine weitere Schwester namens Gerda habe.

„Ja, wir sind neun Mädels. Annkatrin, Rosa und ich sind Drillinge, die anderen sind normale Schwestern unterschiedlichen Alters", beantwortete sie die Frage.

Maya stiess einen leichten Schrei aus.

„Neun Frauen? Und jede besitzt Liegenschaften?"

„Nein, von den neun Mädels sind vier nicht vom gleichen Vater. Unsere Mutter war zweimal verheiratet. Wir fünf Schwestern vom zweiten Mann besitzen Immobilien, weil unser Vater ein reicher Bankfachmann war. Der erste Mann unserer Mutter war Postangestellter und verteilte Briefe."

Maya fragte weiter: „Die Drillinge besassen gemeinsam eine Immobilie?"

„Ja, aber jede von uns besitzt noch weitere Häuser."

Maya bat Verena Leuchli, ihr doch eine Liste aller Personen, besser gesagt aller Schwestern, zu erstellen und ihnen die entsprechenden Immobilien zuzuordnen.

„Das mach ich gerne für Sie", sagte Frau Leuchli. „Ich sende Ihnen die Liste noch heute per Mail. Geben Sie mir doch bitte Ihre E-Mail-Adresse bekannt."

Maya buchstabierte die Mailadresse der Firma und bedankte sich für die Freundlichkeit von Frau Leuchli.

Danach orientierte sie Rico über das Telefonat und auch er stöhnte kurz auf: „Was, neun Töchter von zwei Vätern! Das ist ja allerhand. Ich habe also recht behalten. Auch der zweite Brand war kein Zufall. Die Brände müssen mit der Familiengeschichte der Frauen zusammenhängen. Das gilt es jetzt herauszufinden. Auch ob der tote Helmut Graf allenfalls etwas mit der Familie zu schaffen hatte."

Maya sagte Rico, dass sie heute noch eine Liste erhalten werde, aus der die Eigentumsverhältnisse ersichtlich seien.

Wenig später öffnete Rico das Mailprogramm auf seinem Computer und sah, dass er von Frau Leuchli eine Mail mit Anhang erhalten hatte:

Hallo Frau Engel

Wie besprochen sende ich Ihnen die Liste aller Schwestern und deren Besitz an Liegenschaften.

Untenstehende Besitzerinnen sind Kinder aus zweiter Ehe.

Frau Annkatrin Leuchli:

Miteigentümerin an der Liegenschaft Freudenbergstrasse 92 in 8044 Zürich

Einzelbesitzerin der Liegenschaft Forchstrasse 179 in 8032 Zürich

Frau Rosa Leuchli:

Miteigentümerin an der Liegenschaft Freudenbergstrasse 92 in 8044 Zürich

Einzelbesitzerin der Liegenschaft Mutschellenstrasse 156 in

8032 Zürich

Frau Verena Leuchli:

Miteigentümerin an der Liegenschaft Freudenbergstrasse 92 in 8044 Zürich

Einzelbesitzerin des Reiheneinfamilienhauses in 8044 Gockhausen

Frau Gerda Leuchli:

Einzelbesitzerin der Liegenschaft Talstrasse 76 in 8001 Zürich

Frau Suzan Leuchli:

Einzelbesitzerin der Liegenschaft Birmensdorferstrasse 224 in 8003 Zürich

Die weiteren vier Schwestern sind Halbschwestern aus der ersten Ehe der gemeinsamen Mutter. Deren Vater war Postbeamter und nicht vermögend. Sie haben keine Liegenschaften geerbt. Ich hoffe, diese Liste genügt Ihnen.

Freundliche Grüsse
Verena Leuchli

Maya druckte die Liste aus und legte sie Rico hin. Er studierte sie und bemerkte laut, dass es wohl kein Zufall sein könne, dass alle Kinder aus erster Ehe keine Häuser erbten.

„Die Mutter suchte sich als zweiten Mann wohl einen Reichen aus. Schliesslich kann man auch einen reichen Mann gern haben", meinte Rico spöttisch.

Maya lachte und sagte, dass sei sicher Zufall.

„Ok, wir müssen nun mit allen Besitzerinnen in Verbindung treten. Es sind bereits zwei Liegenschaften der Schwestern abgebrannt. Da ist ein Teufel am Werk", meinte Maya.

Rico schlug vor, alle Schwestern aus zweiter Ehe zu Sophie Wulschleger zu bestellen. So könnte Sophie die Informationen aus erster Hand erhalten. Und bei einem weiteren Termin würden dann die restlichen Schwestern aus der ersten Ehe eingeladen. Maya fand den Vorschlag gut und praktisch. Sie telefonierte Sophie und orientierte sie über den Stand der Dinge. Auch Sophie fand die Idee gut, meinte aber, dass es besser sei, wenn Ricc die Einladungen machen würde. Sonst hätten die Frauen noch das Gefühl, sie würden vorgeladen. Das wollte sie vermeiden. Maya war einverstanden.

Rico bat Maya, alle Telefonnummern und Wohnadressen der Frauen ausfindig zu machen. Er werde dann die Damen telefonisch einladen.

Kapitel 4

Es brennt schon wieder

Sophie Wulschleger rief Rico an und beorderte ihn auf den Schadensplatz.

„Wir haben schon wieder einen Brand. Diesmal brennt es an der Birmensdorferstrasse 224 in der Nähe des Bahnhofs Wiedikon. Es ist zum wahnsinnig werden. Drei Brände in so kurzer Zeit und wir haben keine Spur. Wir müssen unbedingt weiterkommen."

Rico fuhr ohne Maya an den Brandort. Die Feuerwehr war im vollen Einsatz. Es brannte lichterloh. Auch bei diesem Gebäude schien es zu einem Totalschaden zu kommen. Rico stellte seinen Wagen in der Nähe ab. Er parkierte auf dem Trottoir und rannte über die Strasse. Er sah Sophie schon von Weitem und winkte ihr zu. Sie sah ihn nicht.

„Hallo Sophie. Das ist ja eine schöne Sauerei. Weiss man schon, ob es auch Brandstiftung ist?", fragte Rico.

„Nein, der Brandermittler steht dort drüben und wartet auf seinen Einsatz. So wie es aussieht, wird es jedoch noch Stunden dauern, bis er den Ort betreten kann", meinte Sophie.

So standen sie beide neben dem Brandermittler Bereuter und warteten still. Sie schauten in die Flammen. Rico war angetan von dem Feuer und meinte: „Ich begreife schon, dass Feuer eine Faszination ausüben kann. Es ist etwas Wunderbares."

Sophie schaute ihn etwas verdutzt an: „Ich weiss, was du meinst. Aber das ist eine gefährliche Faszination."

Einer der Feuerwehrmänner schrie laut in die Menge, es befänden sich noch Menschen im Haus. Das führte zu einer enormen Hektik. Einzelne Männer zogen ihre Gasmasken und Sauerstoffbehälter an, nahmen Seile und Haken zur Hand und standen vor die Haustür. Dort wurden sie einer Wasserdusche unterzogen. Dies, weil es im Haus selbst sehr heiss war. Dann rannten sie hinein und die Treppen hoch. In den oberen Stockwerken suchten sie nach Menschen. Sie riefen laut. Sie schrien um die Wette.

Der eine nahm aus einem Zimmer ein stilles Wimmern wahr und schlug mit einem langen Beil gegen die Tür. Es war stets sehr gefährlich, in einem Brandherd eine geschlossene Tür zu öffnen. Das Feuer könnte direkt aus dem Raum explodieren. Glücklicherweise passierte das nicht und er sah, dass hier keine grossen Flammen wüteten. Er betrat den Raum und rief wieder. Diesmal bekam er eine deutliche Antwort. Es war ein Kind, ungefähr elf Jahre alt. Es sass in einer Ecke und hielt beide Hände vors Gesicht. Der Feuerwehrmann hob das Kind in die Höhe, nahm es auf den Arm und verliess rasch das Haus. Beim Runtergehen sagte ihm der Junge, dass seine Eltern noch im Haus seien, er solle sie bitte retten. Der Feuerwehrmann stellte den Jungen beim Krankenwagen ab und übergab ihn in die Obhut der Sanitäter. Dann rannte er wieder ins Haus. Die Flammen wüteten immer stärker und es war fast unmöglich, sich vorwärtszubewegen. Er stolperte über eine Person und stellte fest, dass es sein Berufskollege war, der bewusstlos am Boden lag. Nun kam er in einen schlimmen Konflikt. Wen sollte er zuerst retten? Er entschied sich, seinen Kameraden auf den Rücken zu nehmen und ihn aus dem Haus zu schleppen. Auch ihn legte er vorsichtig beim Krankenwagen auf eine bereitgestellte Bahre. Dann liess er sich erneut mit kaltem Wasser abspritzen und rannte wieder ins Haus. Er wusste, dass es noch ein oder mehrere Leben zu retten gab und setzte sich voll ein. Er kämpfte sich durch die Flammen und erklomm Stockwerk um Stockwerk. Ein grosses Problem waren die Holztreppen. Sie standen zwar noch nicht in Vollbrand, aber die Flammen züngelten bereits an der Konstruktion. Wenn er sich nicht beeilte, kam er nicht mehr aus dem Haus.

Plötzlich hörte er durch seine Maske Hilferufe. Er kämpfte sich in Richtung der Rufe und sah eine Frau auf dem Boden liegen. Sie schien verletzt zu sein, denn er sah eine Blutlache neben ihr. Als er sich zu ihr bückte, flüsterte sie, ihr Mann und zwei Kinder seien im obersten Stockwerk und er solle doch bitte sie retten. Zuerst rief er über Funk einen weiteren Kollegen, er solle ihm helfen, dann rannte er in die nächste Etage. Diese stand in Vollbrand. Ein Durchkommen war absolut unmöglich. Er schaute sich um und rief in die Flammen, aber er hörte nichts. Er musste davon ausgehen, dass jede Hilfe zu spät kam. So ging er zurück zur Frau. Dort kniete schon ein Kamerad bei ihr und sie konnten sie gemeinsam ins Freie tragen.

Der Feuerwehrmann erstattete seinem Kommandanten Bericht und meldete mindestens drei Tote. Ein Mann und zwei Kinder.

„Wir müssen den Brand löschen, bevor wir nach den Leichen oder allenfalls sogar Überlebenden suchen können", sagte der Kommandant.

Bereuter, Wulschleger und Monn hatten die schlimme Nachricht mitbekommen und schauten sich betroffen an.

„Also haben wir beim dritten Brand erneut Opfer. Wir müssen den Brandstifter unbedingt dingfest machen", sagte Sophie zu den beiden anderen.

Es vergingen weitere zwei Stunden intensiver Löscharbeiten, bis der Kommandant zum Brandermittler sagte, dass der Brand gelöscht sei und er mit einem seiner Männer als Unterstützung das Haus betreten könne.

Rico fragte Bereuter, ob er mitkommen dürfe. Dieser war nicht begeistert, erlaubte es aber trotzdem. Sophie verzichtete auf dieses Erlebnis. Ihr genügte ein schriftlicher Bericht.

Rico, Bereuter und der Feuerwehrmann stiegen die ersten beiden Treppen hoch. Die Treppe auf das nächsthöhere Geschoss war verbrannt und zusammengebrochen. Der Feuerwehrmann stellte eine Leiter an und die drei erklommen die nächste Etage. Hier wurden der Mann und die beiden Kinder vermutet. Sie kämpften sich von Raum zu Raum, stiegen über verbranntes Holzgebälk, ja sogar Stahlträger.

Es war eine enorme Zerstörung sichtbar. Bereuter ging immer voran. Er wollte nicht, dass jemand Spuren zerstörte.

„Halt, hier sind die Leichen", rief er und zeigte auf die gegenüberliegende Ecke. Dort sass der Mann und hielt die beiden Kinder in seinen Armen. Es schien, als warteten sie auf

Erlösung.

„Das war sicher ein schrecklicher Tod", meinte Rico.

Die Leichen waren vom Feuer zerfetzt und die Gesichter kaum mehr erkennbar.

Der Feuerwehrmann orientierte über Funk, dass sie die Leichen gefunden hätten. Es seien keine weiteren Personen zu sehen.

Plötzlich rief Rico zu Bereuter, dass im hinteren Zimmer noch eine Leiche zu sehen sei. Es war ein alter Mann, soweit man das noch erkennen konnte. Auch dieser Fund wurde dem Kommandanten übermittelt.

Die Feuerwehrmänner hatten die vier Leichen geborgen und Bereuter sagte, dass er mit der Brandermittlung sicher noch ein, zwei Tage beschäftigt sein werde. Er versprach Sophie einen Vorbericht in spätestens drei Tagen. Eines könne er aber jetzt schon sagen, dass es sich wie bei den letzten beiden Bränden um Brandstiftung handle. Der nächste Schritt bestehe darin, Laboruntersuchungen der entnommenen

Proben durchzuführen. Die Untersuchung solcher Vorfälle erfordere einen systematischen Ansatz und Kenntnisse der Brandwissenschaft, das dauere seine Zeit.

Rico und Sophie sassen im Büro der Staatsanwaltschaft und suchten nach einem Weg, wie sie den oder die Täter rasch fassen könnten. Es fiel ihnen nichts Nennenswertes ein.

Rico bat Maya, schnellstmöglich zu ihnen in die Staatsanwaltschaft zu kommen. Er wollte, dass sie sich an der Ideenfindung beteiligte.

„Ich habe alle fünf Schwestern auf heute Nachmittag um vier Uhr hierher bestellt. Der Termin passt allen", ergänzte er.

Rico hoffte, dass sie durch die Befragung einen Schritt weiterkommen würden.

Unterdessen traf Maya ein und begrüsste Sophie und Rico herzlich. Sophie informierte Maya über die vier Todesopfer.

Maya war sehr betroffen: „Dann haben wir insgesamt fünf

Opfer. Ich finde das schrecklich. Wir suchen also nicht nur einen Brandstifter, sondern einen Fünffachmörder."

Sophie begrüsste die Damen und bat sie, am grossen Tisch Platz zu nehmen. Als Erstes wurde Suzan Leuchli informiert, da das Brandobjekt ihr Haus war.

„Ich wurde bereits von einem Nachbarn telefonisch über den Brand orientiert. Ich hatte aber keine Ahnung von den vier Todesopfern. Das ist schrecklich. Es tut mir so leid", sprach Suzan Leuchli.

Die anderen Schwestern sassen konsterniert am Tisch und sahen sich nur an.

Sophie sagte: „Wir wissen noch nicht, wer die Opfer sind. Ihre Identifizierung dauert sicher noch ein paar Tage, da die Brandopfer bis zur Unkenntlichkeit verbrannt sind. Können Sie uns eine Liste Ihrer Mieter geben?"

Suzan Leuchli versprach, nach ihrer Rückkehr sofort eine Liste der Mieter per Mail zu senden.

„Nun gut", begann Sophie, „als Erstes stelle ich Ihnen die beiden Ermittler vor. Das sind Maya Engel und Rico Monn. Sie unterstützen uns bei der Aufklärung des Falls. Es handelt sich um drei Brände von Liegenschaften, die alle in Ihrem Besitz sind. Das ist unserer Meinung nach kein Zufall und wir haben Sie deshalb heute zu uns gebeten, um Ihnen einige Fragen zu stellen, die zur Aufklärung der Fälle beitragen könnten."

Rico holte einen Zettel aus seinem Jackett, entfaltete ihn und stellte die erste Frage.

„Haben Sie eine Vermutung, wer als Täter infrage kommen könnte?"

Alle Schwestern schüttelten den Kopf und verneinten die Frage.

„Haben Sie mit jemandem Streit oder jemanden richtig verärgert, sodass er sich rächen will?"

Auch diese Frage wurde von allen verneint. Rico bemerkte, dass die Verneinung nicht bei allen Schwestern gleich stark war. Es könnte also sein, dass die eine oder andere nicht ganz die Wahrheit sagte. Er doppelte nach.

„Bitte denken Sie nochmals nach. Brandstiftungen erfolgen vielfach aus Rache."

Die vier Damen überlegten nochmals gründlich und alle sagten nochmals Nein.

„Wir sind nicht zerstritten. Natürlich gibt es ab und zu Meinungsverschiedenheiten, aber wir sind nicht nur Schwestern, sondern auch gute Freundinnen. Wir treffen uns mindestens einmal im Monat und spielen zusammen ,Dog'", erklärte Rosa Leuchli.

Dies genügte Rico im Moment, wenn er auch nicht ganz sicher war, ob sie die Wahrheit sagten.

Kapitel 5

Erste Verdächtige

Sophie Wulschleger veranlasste die Überwachung der verbleibenden Liegenschaften an der Forchstrasse, an der Mutschellenstrasse und in Gockhausen. Sie hoffte damit zu verhindern, dass weitere Immobilien der Schwestern angezündet würden.

Die Schwestern, insbesondere Annkatrin, Rosa und Gerda, bedankten sich bei Frau Wulschleger für ihre Massnahmen.

Rico bat Verena Leuchli, noch eine Liste der verbleibenden vier Schwestern mit Adressen und Telefonnummern zu erstellen. Er wollte sich auch mit diesen Damen unterhalten. Bis anhin hatte man sie nicht berücksichtigt und das gefiel Rico nicht besonders. Er bat Sophie, auch diese Damen vorzuladen. Sophie bat Rico wiederum, dies selbst zu machen, doch Rico lehnte diesmal ab. Das sei Sache der Staatsanwaltschaft. Schliesslich sei es eine offizielle Untersuchung. Sophie akzeptierte den Einwand.

Verena Leuchli sendete die neue Liste an Maya, da sie keine andere E-Mail-Adresse hatte. Maya leitete diese an Rico wie auch an Sophie weiter.

Die vier Stiefschwestern hiessen Sonja, Amelia, Celine und Yolanda. Zum Nachnamen hiessen alle gleich. Es war der Name ihres Vaters: Balsiger. Keine der vier Schwestern war verheiratet.

Das fiel auch Rico auf. Alle neun Schwestern hatten nie geheiratet. Er fand das etwas speziell. Er wollte bei Gelegenheit nachfragen, was der tiefere Grund dafür sei.

Er sass an seinem Pult an der Höschgasse und liess die beiden Listen auf sich wirken. Irgendwie meinte er zu spüren, dass etwas nicht stimmte. Aus einer Laune heraus rief er bei der Staatsanwaltschaft an und bat einen Beamten, die Daten der Schwestern mit der nationalen Verbrecherkartei abzugleichen.

„Ich melde mich bei Ihnen, sobald ich einen Treffer habe. Das wird aber dauern. Es sind neun Personen", meinte der Beamte.

„Ich sende Ihnen die beiden Listen per Mail zu."

Es dauerte drei Wochen, in denen nichts, aber auch gar nichts passierte. Dann rief der Beamte der Staatsanwaltschaft an.

„Wir haben einen einzigen Treffer. Frau Celine Balsiger sass wegen Betrugs und Unterschlagung zwei Jahre im Frauengefängnis Dielsdorf ein. Sie wurde vor sechs Monaten entlassen."

Rico war begeistert. Seine Intuition hatte ihn nicht getrübt. Er wusste, dass mit den Mädels irgendetwas nicht stimmte. Keine der Schwestern hatte dies erwähnt.

Gut, man hatte auch nicht danach gefragt. Jetzt war es von grösster Wichtigkeit zu erfahren, wen sie betrogen hatte und was, oder besser wie viel, sie unterschlagen hatte.

Rico fragte den Beamten, ob er eine Kopie der Polizeiakte haben könne.

„Selbstverständlich. Ich werde sie kopieren und Ihnen zustellen."

Rico bedankte sich und rief Maya zu sich ins Büro. Er orientierte sie über die neuesten Ereignisse und Sachverhalte. Sie fand es auch spannend, dass Celine im Gefängnis gewesen war.

„Wenn wir Glück haben, steht ihre Verfehlung in direktem Zusammenhang mit einer der Schwestern. Das denke ich zwar nicht, weil dann die Rache ja umgekehrt sein müsste. Was meinst du, Rico?"

Rico sagte, dass er für heute genug habe und bis auf Weiteres nichts mehr von Brandstiftung und Mord hören wolle.

„Lass uns was Schönes essen gehen. Ich hätte Lust auf ein tolles Glas Wein und ein grosses Stück Fleisch", meinte Rico und sah Maya flehend an.

„Lass uns zu Bü's gehen. Ich reserviere gleich", bestätigte Maya das Vorhaben.

„Die Reservation hat geklappt. Wir können fahren."

Maya stieg auf der Fahrerseite ein und Rico wusste, dass er das akzeptieren musste, wenn er keine Diskussionen wollte. Sie stellte den Wagen direkt vor das Restaurant.

„Hallo Bü, schön, wieder mal bei dir zu sein", rief Rico in den Raum.

Alle drei umarmten sich zur Begrüssung. Und dann kamen auch noch die Kellnerinnen zu einer Umarmung. Es war gerade so, als kämen sie bei der Familie zu Besuch. Sie setzten sich an einen Vierertisch und Bü fragte nach einem Aperitif.

„Maya will ein Glas Champagner und ich nehme einen Zweier Langhe Arneis von Elio Filippino, Neive."

Zum Essen bestellte Maya gleich für Rico mit. Sie wählte als Vorspeise ein klassisches Rindstatar und zum Hauptgang ein gebratenes Loup-de-Mer-Filet auf Spinat mit Venere-Reis. Nachtisch mochten sie keinen, bestellten dafür nochmals eine Flasche Rotwein Château Seguin, Pessac-Léognan 2019, France. Wenn Sie auswärts assen, nahmen sie eigentlich immer eine zweite Flasche Wein. Das hatte schon fast Tradition.

Maya fragte Rico nach dem Essen, ob er nun sein grosses Stück Fleisch vermisst habe.

„Ja, schon ein bisschen. Aber das können wir ja nächste Woche nachholen. Der Fisch war im Übrigen hervorragend", lobte Rico die Auswahl von Maya.

„Das ist lieb von dir", scherzte Maya. „Lass uns zu dir nach Hause gehen. Ich möchte mit dir schlafen."

Maya verschwand im Bad und Rico öffnete nochmals eine Flasche Wein. PURO Malbec 2020 - Ojo de Vino/Agua von Dieter Meier. Das war einer der Lieblingsweine von Maya. Er wollte sie schliesslich positiv überraschen. Maya stellte sich provozierend in den Türspalt des Badezimmers und lächelte Rico an.

„Du siehst wunderbar und sexy aus", eröffnete Rico das Geschehen. Maya schritt in Modellmanier auf Rico zu, umarmte ihn und sie küssten sich intensiv. Rico griff ihr auf den Rücken und öffnete geschickt den BH. Da dieser keine Träger hatte, fiel er auf den Boden und bot Rico den vollen Blick auf die prallen Brüste. Er mochte besonders, dass diese nicht so gross waren. Ihm gefiel eine Handvoll. Er legte seine Hand auf die linke Brust, knetete sie und bückte sich, um den Nippel in den Mund zu nehmen. Maya legte ihren Kopf in den Nacken und genoss die Liebkosungen. Rico nahm sie bei der Hand und führte sie vor das Bett. Dort legte er sie auf den Teppichboden. Es war ein wuschelig weicher Lammfellvorleger. Dann zog er ihr den Slip über die Knie und senkte seinen Kopf zwischen ihre Beine. Er leckte sie intensiv, mal schnell, mal langsam. Zwischendurch saugte er die Klitoris ein und liess sie spicken. Maya zuckte dann zusammen. Schliesslich legte sie sich in der 69er-Stellung auf ihn, nahm sein sehr hartes Glied in den Mund und massierte die Eichel mit ihren Lippen. Diese Stellung gefiel beiden sehr. Rico nahm auch seine Hände zur Hilfe. Er steckte zuerst den kleinen Finger in den After. Dann nahm er zwei und später drei Finger und bewegte sie geschickt in runden Bewegungen.

Maya liebte diese Massagen und sie begann sein Glied immer mehr auch mit den Händen zu reiben. Rico wollte aber noch nicht kommen und bat Maya, die Stellung zu wechseln. Sie setzte sich auf ihn. Auch diese Stellung fanden beide toll, vor allem Maya, weil sie die Kontrolle ausübte. Er knetete ihre Pobacken und sie ritt auf ihm wie auf einem wilden Pferd. Es dauerte nicht sehr lange, bis Rico explodierte. Maya kam etwas später, aber auch sie hatte einen langen, intensiven Orgasmus. Sie blieb auf ihm sitzen und genoss es, dass er in ihr verweilte. So langsam floss die Gischt aus ihr heraus und nässte das Lammfell.

„Das können wir waschen. Bitte bleib noch etwas in mir drin", bat Maya.

Rico fand das Verweilen in Maya sehr erregend, obschon sein Glied langsam an Manneskraft verlor. Dann bewegte sich Maya seitlich weg und legte sich neben ihn. Sie hielten sich die Hand und flüsterten sich zu, dass sie sich liebten.

Rico meinte: „So sieht Glück aus."

Sonja, Amelia, Celine und Yolanda Balsiger sassen im Verhörzimmer der Staatsanwaltschaft. Sophie betrat den Raum und begrüsste die Anwesenden. Maya und Rico kamen etwas später dazu.

Sophie begann mit der Befragung: „Geschätzte Damen, wir haben Sie heute zu uns gebeten im Rahmen einer Ermittlung wegen Brandstiftung. Wir haben diverse Fragen an Sie und sind Ihnen dankbar, dass Sie sich bereit erklärt haben zu erscheinen. Ich möchte vorausschicken, dass dies keine Einvernahme ist, sondern lediglich eine Zeugenbefragung."

„Wofür sollen wir denn Zeugen sein?", fragte Amelia Balsiger.

„Sie sind doch Schwestern von weiteren fünf Frauen. Diese haben von ihrem Vater diverse Liegenschaften geerbt. Und es geht ein Feuerteufel um, der ihre Häuser in Brand steckt. Wir erhoffen uns, von Ihnen vielleicht einen Hinweis zu erhalten, um bei der Fahndung nach der Täterschaft weiterzukommen."

„Wir haben eigentlich zu unseren Halbschwestern keinen

grossen Kontakt. Wenn es hoch kommt, sehen wir uns alle zwei, drei Jahre einmal. Also wissen wir sicher nichts, das sie weiterbringen könnte", meinte Yolanda.

Unterdessen gesellten sich Maya und Rico dazu und Sophie stellte die beiden vor.

Maya sagte: „Wir haben von den anderen Schwestern gehört, dass alle neun Frauen ein ausgezeichnetes Verhältnis untereinander hätten und sich regelmässig träfen."

„Das ist mit Sicherheit nicht so. Und wir bitten Sie zur Kenntnis zu nehmen, dass es lediglich Halbschwestern sind. Wir hatten nur die gleiche Mutter. Unser Vater war nicht reich und hat uns auch nichts vererbt", meinte Sonja Balsiger.

Rico bemerkte, dass Celine Balsiger bis jetzt keinen Ton gesagt hatte.

„Frau Celine Balsiger, Sie haben sich noch nicht geäussert. Sind Sie anderer Meinung als Ihre Schwestern?", fragte Rico.

„Nein, ich sehe das genauso", erwiderte Celine kurz

angebunden.

Sophie bat Rico und Maya vor die Türe: „Ich glaube, das bringt nichts. Die können oder wollen uns nicht helfen, was meint ihr?"

Rico brachte nochmals den Umstand der Gefängnisstrafe von Celine Balsiger vor und bestand darauf, die Umstände näher zu prüfen. Sophie und Maya waren der gleichen Ansicht.

„Wollen wir sie gehen lassen?", fragte Sophie.

Rico fand, man solle sie noch ein wenig schmoren lassen. Die vier Damen hätten recht abweisend gewirkt gegenüber ihren Halbschwestern. „Irgendetwas ist da vorgefallen. Auf jeden Fall haben sie unterschiedliche Vorstellungen von Eintracht. Ich meine, da herrscht eine gewisse Eifersucht wegen der vererbten Immobilien. Ich will das näher untersuchen."

Sophie, Maya und Rico betraten erneut das Verhörzimmer und Sophie widmete sich wieder den Damen.

Kapitel 6

Ein vereitelter Brand

Auf Anweisung der Staatsanwältin Wulschleger wurden sämtliche verbleibenden Liegenschaften der Schwestern polizeilich bewacht. Beamte patrouillierten im Viertelstundentakt um die Häuser. Bauten mit Gewerbeanteilen wurden besonders sorgfältig beobachtet.

Die beiden Beamten, die Dienst an der Forchstrasse 179 taten, lehnten an die Hauswand und rauchten eine Zigarette. Sie waren nicht besonders aufmerksam. Sie glaubten, niemand würde es wagen, einen Brand zu legen in einem Haus, vor dem Polizisten standen. Sie sollten sich irren.

Eine Frau und zwei Männer standen vor dem Laden, begrüssten die beiden Polizisten und betraten das Geschäft. Sie wirkten harmlos und boten den Beamten keinen Anlass einzuschreiten.

„Guten Tag, kann ich Ihnen helfen?", fragte der Verkäufer.

„Nein danke, wir schauen uns nur etwas um", erwiderte die Frau und durchwühlte die Secondhandkleider. Die Männer streiften ebenfalls durch die Korridore mit den Kleidern und schauten sich dabei im Raum um.

„Haben Sie eine Toilette?", wollte einer der Männer wissen.

„Ja, ich gebe Ihnen den Schlüssel. Das WC ist gleich da hinten", gab der Verkäufer an.

Der Mann nahm den Schlüssel und begab sich in die hinteren Räumlichkeiten. Dort gab es drei Türen. Auf der einen stand PRIVAT, auf der anderen WC und auf der dritten stand nichts. Er versuchte, diese zu öffnen. Sie war nicht verschlossen und er blickte ins Treppenhaus. Das war exakt der Ort, den er gesucht hatte. Nachdem er die Tür wieder geschlossen hatte, betrat er die Toilette, erledigte sein Geschäft und begab sich wieder zu den anderen.

„Darf ich auch noch auf die Toilette?", fragte die Frau und der Verkäufer nickte.

Er war dennoch etwas erstaunt und dachte sich, dass diese

Personen wohl besser eine öffentliche Toilette als einen Secondhandshop aufgesucht hätten.

Die Frau steckte den Schlüssel in die WC-Tür und verliess den Vorraum ins Treppenhaus. Ihr Verbündeter hatte sie vorgängig über den Zugang zum Treppenhaus informiert. Sie nahm den Aufzug ins oberste Geschoss. Beim Betreten der Podeste sah sie, dass alle Türen mit Namen bezeichnet waren, es handelte sich also um Wohnungen. Sie machte sich darüber keine Gedanken. Sie wusste, dass bei früheren Brandanschlägen auch Menschen zu Schaden gekommen waren. Sie hatte schon lange kein schlechtes Gewissen mehr. Sie nahm in Kauf, dass es Tote geben könnte.

Sie öffnete ihre Umhängetasche und entnahm ihr mehrere Bündel, es waren kleinere Flaschen, die mit Schnüren zusammengebunden waren. Sie öffnete den Sicherungsschrank im Treppenhaus mit einem Vierkantschlüssel. Diesen hatte sie immer dabei, weil sie wusste, dass viele allgemein zugängliche Treppenhausschränke solche Schlösser hatten. Sie legte einen der Flaschenbündel auf einen der

Sicherungstrafos, klebte ihn mit Tesaband fest und schloss den Schrank wieder. Dann begab sie sich ins nächste Geschoss nach unten und machte dasselbe, bis sie zurück im Erdgeschoss war. Dort nahm sie den Schlüssel von der WC-Tür und brachte ihn dem Verkäufer.

„Vielen Dank, wir haben nichts gefunden, das uns gefällt", sagte einer der Männer und sie verliessen den Laden.

Der Verkäufer war sich sicher, dass das keine normalen Kunden waren. Da die Frau sehr lange auf der Toilette verweilte, nahm er an, dass sie ein grosses Geschäft erledigt hatte, das wohl von Gerüchen begleitet war. Er begab sich zum WC, um die Luft zu prüfen. Es roch so frisch wie immer. Er sagte sich, dass hier keine Frau drin war. Es roch auch nicht nach Parfum. Er wurde noch misstrauischer und beschloss, die beiden Polizisten zu informieren.

Die Beamten hatten den Verkäufer orientiert, weshalb sie das Haus bewachten, deshalb schöpfte er Verdacht.

„Haben Sie die drei Personen gesehen, die vor wenigen

Minuten im Laden waren?", fragte er.

Die Beamten bejahten und sagten, dass sie keine Veranlassung gesehen hätten, die Personen zu überprüfen.

„Die haben sich sehr merkwürdig benommen. Sie haben lediglich in den Kleidern gewühlt und meine Toilette benutzt. Ich glaube, die führen etwas im Schild."

„Ich sehe mich mal um", sagte der eine Beamte, und der andere blieb draussen stehen.

Der Polizist durchstreifte den ganzen Laden, ging nach hinten zur Toilette. Er durchsuchte den WC-Raum, öffnete den Deckel und sah, dass die Schüssel nicht ganz sauber war. Dann öffnete er die Türe PRIVAT und betrat einen Lagerraum mit zig Schachteln.

„Ist das Ihr Lagerraum?"

Der Verkäufer bejahte, blieb aber hinter seinem Tresen.

Der Beamte betrat das Treppenhaus, schaute sich flüchtig um, erkannte aber nichts Verdächtiges: „Ich kann nichts finden.

Ich glaube, Sie irren sich", sagte er und gesellte sich wieder zu seinem Kollegen.

Eine Stunde später, es war Mittagszeit, schloss der Verkäufer den Laden und ging in die Mittagspause.

Der eine Beamte verliess ebenfalls seinen Posten und besorgte im nahe gelegenen Kiosk etwas zu essen und zu trinken für sich und seinen Kollegen.

Es roch nach Rauch und der Polizist reagierte sofort. Er betrat das Treppenhaus von der Strasse her und bemerkte das Feuer auf der Treppe. Er alarmierte sofort die Feuerwehr, die binnen sechs Minuten vor Ort war. Das Feuer breitete sich im ganzen Treppenhaus aus, richtete aber nicht allzu grossen Schaden an. Die Treppenstufen waren aus Kunststein, das Geländer aus Stahl und das Material der Schranktüren hatte Feuerwiderstandsklasse F60, war also auch schwer entflammbar. Dank des sofortigen Feuerwehreinsatzes konnte der Brand innert zehn Minuten gelöscht werden und der

Schaden hielt sich in Grenzen.

Sophie Wulschleger wurde durch den Brandkommandanten telefonisch informiert. Obschon das Haus nicht abgebrannt war, wollte sie sich vor Ort ein Bild machen. Sie rief Rico Monn und Maya Engel an und bat sie, ebenfalls herzukommen.

Alle drei standen auf der Strasse gegenüber dem Haus und betrachteten die Immobilie. Von aussen war nichts zu sehen. Dann betraten sie das Treppenhaus. Die Wände waren alle schwarz. Das Geländer hatte sich teilweise stark verbogen und die Schranktüren waren verkohlt, hatten aber dem Feuer standgehalten und sie glaubten, dass die Elektroinstallation nicht beschädigt sei. Das war natürlich ein Irrtum, wie der Brandermittler bald herausfinden würde. Da die Brandsätze in den Schränken platziert wurden, waren diese auch innen vollständig zerstört.

„Bevor eine Reinigungsequipe alle Spuren beseitigt, muss der Brandermittler die Analyse machen", bestimmte Sophie und bestellte diesen auf den Platz.

Herr Bereuter fand sehr rasch die zielführenden Beweise. Da der Brand nicht voll ausgebrochen war, konnte er sich auf die Sicherungsschränke konzentrieren.

Er orientierte Sophie über das Ergebnis und versprach ihr den schriftlichen Bericht innert einer Woche. Er wolle das Brandmittel im Labor untersuchen lassen.

„Es ist diesmal eine andere Flüssigkeit als bisher", meinte er.

Dass es sich aber um den gleichen Täter handelte, stand ausser Frage. Es war schliesslich wieder eine Liegenschaft der Schwestern Leuchli.

Rico unterhielt sich mit den beiden Polizisten, die Wache hielten. Diese sagten, dass sie nichts Verdächtiges gesehen hätten. Die einzigen Personen, die den Laden betraten, seien eine Frau und zwei Männer gewesen. Die suchten wohl Kleider. Den Verdacht des Verkäufers erwähnten sie nicht, weil sie dem keine Bedeutung beimassen.

Maya meinte dennoch, dass irgendwelche Personen das Haus

betreten hätten. Oder war es ein Mieter, der die Brandsätze angebracht hatte?

„So weit will ich nicht gehen", sagte Sophie. „Ich denke, es muss jemand sein, der zum Bekannten- oder Freundeskreis der Schwestern gehört."

Rico war ebenfalls der Ansicht, dass es kein Mieter war.

„Aber wie kam jemand an den Polizisten vorbei?", fragte Maya.

Rico äusserte einen unangenehmen Verdacht: „Vielleicht waren die Polizisten nicht immer vor Ort oder sehr unaufmerksam."

Weder Sophie noch Maya erwiderten etwas, aber beide sahen, dass dies sehr wohl eine Möglichkeit war.

„Auf jeden Fall bin ich sehr froh, dass das Haus noch steht und der Schaden relativ einfach behoben werden kann", meinte Sophie.

„Ja, das bin ich auch. Welche der Schwestern ist die

Eigentümerin des Hauses?", fragte Maya.

Rico nahm einen gefalteten Zettel aus der Innentasche seines Jacketts und las vor: Annkatrin Leuchli.

„Wir müssen sie informieren, was geschehen ist", sagte Sophie. „Ich erledige das."

Rico und Maya sassen im Büro an der Höschgasse und diskutierten das weitere Vorgehen. Rico meinte, dass sie immer noch keine konkreten Hinweise hätten. Es sei drum sehr schwer, Ermittlungen durchzuführen.

„Vielleicht finden wir noch Zeugen. Sollen wir ein Inserat in der Zeitung oder einen Aufruf im Fernsehen starten?", fragte Maya.

„Das ist keine gute Idee", fand Rico, „aber wir müssen mit dem Verkäufer des Secondhandshops reden. Die Polizisten sagten uns ja, dass drei Personen in den Laden gingen. Vielleicht kann uns der Verkäufer Näheres darüber berichten."

Maya und Rico waren erst vor etwa einer Stunde im Büro angekommen, aber sie beschlossen, sofort wieder an die Forchstrasse zu fahren. Sie stellten das Auto auf das Trottoir vor dem Laden und betraten ihn.

„Guten Tag, kann ich Ihnen behilflich sein?", begrüsste sie der Verkäufer.

„Sind Sie den ganzen Tag hier im Geschäft?", fragte Rico. Und weiter: „Wer ist der Eigentümer dieses Ladens?"

„Das bin ich selbst. Mein Name ist Ezra Rosenbaum."

Rico stellte sich und Maya vor und begrüsste Rosenbaum per Handschlag.

„Sie hatten heute Vormittag drei Kunden?", begann Maya.

„Das waren leider keine Kunden. Sie sind nur in meinen Laden gekommen, um die Toilette zu benutzen. Gekauft haben sie nichts. Sie nahmen sich lange Zeit auf dem WC, besonders die Frau. Es waren übrigens zwei Männer und eine Frau. Die Frau war bestimmt zwanzig Minuten auf dem Klo. Bei einer Kontrolle stellte ich aber fest, dass sie sich kaum so lange darin aufgehalten haben konnte, jedenfalls hat es nicht so gerochen. Das Ganze war schon irgendwie seltsam."

Das fanden Maya und Rico sehr interessant.

„Können Sie die drei beschreiben?", fragte Rico.

Rosenbaum war kein guter Beobachter und seine Beschreibungen passten auf hundert Prozent der Schweizer Bevölkerung. Das mussten die beiden Detektive so hinnehmen, wenn sie es auch sehr schade fanden, keine besseren Hinweise erhalten zu haben.

„Vielleicht können die beiden Polizisten die Personen besser beschreiben. Sie haben sie gesehen, als sie den Laden betraten und auch, als sie ihn wieder verliessen", meinte der Ladeneigentümer.

Maya war etwas erstaunt. Sie hatten doch mit den Polizisten geredet und keiner hatte den Verdacht des Verkäufers erwähnt. Sie würden nun auf den Polizeiposten fahren, um mit den beiden zu reden. Die Bewachung der Liegenschaft hatten inzwischen andere Beamte übernommen.

Rico bedankte sich bei Ezra Rosenbaum und bat ihn, sich weiterhin zur Verfügung zu halten.

„Ich gehe nicht weg. Ich habe schliesslich ein Geschäft."

So fuhren Maya und Rico zum zuständigen Polizeirevier und fragten nach den beiden Beamten. Diese hatten bereits dienstfrei und waren wohl zu Hause. Rico fand es enorm wichtig, mit ihnen zu reden, und bat den diensthabenden Offizier um ihre Wohnadressen.

„Wir können beide Polizisten noch heute befragen, es ist noch nicht zu spät", sagte Rico und Maya nickte.

Sie standen beim ersten Beamten vor der Haustür und klingelten.

„Wer ist da?", tönte es aus der Gegensprechanlage.

„Wir sind Maya Engel und Rico Monn. Wir sind Ermittler der Staatsanwaltschaft und arbeiten an den Brandstifterfällen", sagte Rico, indem er sich gegen den Lautsprecher neigte.

Es ertönte ein Summen und die Tür klickte aus dem Schloss. Nachdem sie zwei Stockwerke zu Fuss erklommen hatten, standen sie vor der Wohnungstür. Der Beamte öffnete, ohne dass sie klingeln mussten, und bat sie herein.

„Kann ich Ihnen etwas anbieten?"

Beide lehnten dankend ab. „Oder doch, bitte, darf ich ein Glas Wasser haben?", fragte Maya.

Rico begann mit der Befragung: „Sie haben doch gesehen, wie drei Personen in den Laden gingen und diesen auch wieder verliessen. Wieso haben Sie uns das verschwiegen?"

Der Polizist entschuldigte sich: „Ich war der Meinung, dass seien ganz normale Kunden. Sie hatten nichts Verdächtiges an sich und es gab keinen Grund, sie zu kontrollieren. Darum habe ich das nicht weiter erwähnt."

Rico fand das eine glaubwürdige Erklärung. Die Situation sah nun aber anders aus. Die drei Besucher standen unter dringendem Verdacht, mit der Brandstiftung etwas zu tun zu haben.

„Können Sie die Personen beschreiben? Der Ladenbesitzer war leider dazu nicht in der Lage."

Der Polizist setzte sich auf sein Sofa, stützte sein Kinn auf die Hand und überlegte intensiv. Dann begann er zuerst mit der Frau. Seine Beschreibung war viel besser als jene des Verkäufers und brauchbar. Auch die Beschreibung der beiden Männer war sehr gut.

„Damit können wir arbeiten", sagte Rico.

Maya hatte all seine Aussagen in ihr kleines schwarzes Moleskin-Notizbuch geschrieben.

„Vielen Dank, das hilft uns sehr. Wir werden nun noch Ihren Kameraden aufsuchen", verabschiedete Rico.

Sie sassen im Wohnzimmer des zweiten Polizisten und dieser

offerierte keinen Tee, auch keinen Kaffee, sondern einen Averna mit Eis. Da konnten sie beide nicht Nein sagen.

„Ich muss zwar noch fahren, aber ein kleiner doppelter Averna liegt sicher drin", freute sich Rico.

„Wir haben vorhin Ihren Kollegen getroffen und er hat uns die drei Personen, die heute gegen Mittag den Laden betraten, genau beschrieben. Wir bitten Sie, uns auch Ihre Beschreibung abzugeben."

Auch dieser Beamte gab eine brauchbare Beschreibung aller drei Personen ab. Das schien der Verdienst der Polizeiausbildung zu sein. Beide Beschreibungen waren fast identisch. Sie unterschieden sich lediglich in der Haarfarbe der Frau.

Maya notierte akribisch alle Aussagen in ihr Notizheft. Sie schloss zufrieden ihr Büchlein und machte Anstalten zu gehen.

Rico und Maya bedankten sich und fuhren zu Rico nach Hause.

„Ich glaube, wir haben das Licht im Büro nicht gelöscht",
meinte Maya.

Das war Rico egal. „Ich fahre jetzt nicht zurück an die
Höschgasse. Strom kostet nicht die Welt."

„Hast du auch Lust auf einen Teller Spaghetti?", frage Maya.

Rico bejahte und freute sich auf eine warme Mahlzeit.

Maya kochte Spaghetti ohne Tomatensauce und ohne Beilage.
Es gab auch keinen Käse dazu.

„Wieso das denn?", wollte Rico wissen.

„Weil du nichts, aber auch gar nichts im Vorrat oder im
Kühlschrank hast. Wir müssen morgen mal einkaufen gehen,
damit du die notwendigsten Sachen zu Hause hast. Butter,
Tomatensauce, diverse Büchsen, etwas Aufschnitt, eine
Salami und was man sonst noch braucht."

Rico hörte Maya gar nicht zu. Er wollte essen und ihm war es
egal, ob mit Sauce oder einfach trockene Spaghetti.

„Mhhh, du hast super gekocht", sagte er spöttisch.

Maya fand das gar nicht lustig, lachte aber trotzdem mit.

Kapitel 7

Tote reden nicht

„Du hast versagt!"

„Ich habe die Brandsätze so platziert, wie wir es berechnet hatten. Es ist also nicht mein Fehler."

„Ja, du bist nicht allein schuld. Wir hätten die Materialien besser prüfen müssen. Es ist logisch, dass Kunststein nicht brennt. Auch das Stahlgeländer störte den Brandablauf. Nun, dann versuchen wir es noch einmal, wir müssen aber anders vorgehen."

Am Tisch sassen vier Männer und drei Frauen. Alle fühlten sich miteinander verbunden und strebten nach demselben Ziel. Sie nannten sich selbst die Gruppe IGNIS DIABOLI, zu Deutsch die Feuerteufel. Ein Teil der Gruppe kannte sich aus einer psychiatrischen Klinik. Dort wurden sie alle wegen Pyromanie behandelt. Die Behandlung von Pyromanie erfolgt in der Regel mit der sogenannten «kognitiv-behavioralen Psychotherapie». Sie setzt beim konkreten Delikt an und untersucht therapeutisch das Denken und Handeln der betroffenen Person. Aber leider ist Pyromanie nicht heilbar. Es gibt bislang keine wissenschaftlich validierten Therapieansätze. Am ehesten finden verhaltens-therapeutische Techniken und Psychoedukation Anwendung. Bei den Gruppenmitgliedern fand keine Heilung statt. Sie alle konnten sich sehr gut verstellen, sodass die Therapeuten meinten, es sei eine Besserung eingetreten, und sie wurden wieder entlassen.

Weitere Mitglieder der Gruppe sahen sich nicht als Pyromanen. Sie waren in der Lage, die restlichen Mitglieder so zu manipulieren, dass sie ihnen hörig waren. Chef der Gruppe war ein gewisser Konrad Wolfer. Ein absoluter Psychopath, der keine Scham und keinen Respekt kannte oder gar ein schlechtes Gewissen verspürte. Er ging über Leichen. Er hatte zwei Vertraute in seinem engeren Umfeld. Alle drei beherrschten die restlichen vier Personen. So funktionierte die Gruppe tadellos.

Die Baupläne der Liegenschaften Forchstrasse,

Mutschellenstrasse und des Einfamilienhauses in Gockhausen lagen auf dem Tisch. Das Besorgen von Bauplänen war keine grosse Sache. Man erhielt sie auf dem Bauamt der Gemeinde.

Wolfer legte die Pläne des Hauses Forchstrasse beiseite. Dieses Objekt käme am Schluss nochmals dran. Nun lag die Dokumentation für die Mutschellenstrasse obenauf.

Er erteilte zwei der Frauen den Auftrag, sich vor Ort die Materialisierung anzuschauen. Es handle sich um ein grösseres Objekt nur mit Wohnungen. Bei einem Vollbrand müsse man mit Toten und Verletzten rechnen.

„Das ist aber kein Problem für uns", stellte Wolfer klar.

„Es ist wichtig, dass wir einerseits das Treppenhaus evaluieren und andererseits in eine Wohnung können."

Die beiden Frauen verstanden den Auftrag und verliessen Wolfers Wohnung.

Wolfer war sich bewusst, dass es nicht einfach war, einen Neubau vollständig abzubrennen. Die heutigen Gebäude sind alle massiv gebaut, aus Backstein und Beton. Die Oberflächen der Böden bestehen ebenfalls meist aus schwer brennbaren Materialien. Also alles in allem eine schwierige Aufgabe. Er kam zum Schluss, dass es wohl am besten wäre, mit Sprengstoff zu arbeiten. Da er in der Armee eine Sprengstoffausbildung durchlaufen hatte, machte er sich fachmännisch an die Planung der Explosionsstellen. Gemischt mit Brandsätzen könnte man auf diese Weise das Haus komplett zerstören. Er war sich bewusst, dass es unter Umständen viele Tote und Verletzte gab, was ihm aber egal war.

Im Weiteren musste er annehmen, dass dieses Haus ebenfalls bewacht wurde, was den Einsatz zwar riskanter machte, aber auch spannender.

Die zwei Frauen, beide adrett gekleidet, klingelten an vier verschiedenen Orten. Zwei der Bewohner drückten den Summer, sodass die Frauen eintreten konnten. Die eine zückte ihr Mobiltelefon und fotografierte alle Materialien im Kellerabgang sowie die Wände, Böden und Decken des

Treppenhauses. Dann begaben sie sich zu einer der Wohnungen, wo ihnen jemand geöffnet hatte.

„Guten Tag, wir sind von der Einwohnerkontrolle und kontrollieren in regelmässigen Abständen alle Wohnungen in diesem Quartier. Dürfen wir Sie bitten, uns ganz kurz Ihre Wohnung zu zeigen, damit wir das Protokoll erstellen können?"

Die ältere Dame liess die beiden in die Wohnung, ohne einen Ausweis zu verlangen.

Die Frauen machten mit ihren Handys unzählige Fotos und notierten Verschiedenes.

„Vielen Dank, das genügt. Es war nett, dass Sie uns geholfen haben."

Zurück in der Wohnung von Wolfer druckten sie die Fotos aus und legten sie geordnet auf den Tisch, zusammen mit ihren Notizen.

„Es ist genau so, wie ich befürchtet habe", sagte Wolfer. „Es handelt sich um einen modernen Bau, der aus massiven Materialien gebaut ist. Hier genügt es nicht, einzelne Brandbeschleuniger anzubringen. Hier müssen wir nachhelfen."

Es war allen klar, was Wolfer damit meinte.

„Wir riskieren aber, dass es viele Tote gibt", meinte einer der anwesenden Männer.

„Das ist mir bewusst. Aber unser Ziel ist die Aktion, das kommt vor den Toten, und Tote reden nicht", erwiderte Wolfer.

Er erklärte anhand des Plans auf dem Tisch, wie und vor allem wo er die Sprengsätze anbringen wollte.

„Wir werden an neuralgischen Punkten Sprengsätze anbringen und ergänzen diese in notwendigem Abstand mit Brandbeschleunigern. So ist garantiert, dass das ganze Haus zusammenfällt und ausbrennt. Habt ihr das Vorgehen verstanden?"

Wolfer verteilte die Aufgaben an die Gruppenmitglieder.

„Ihr drei Frauen verschafft euch Zugang zu allen Wohnungen. Die Mieter glauben Frauen mehr als Männern. Und dann geht ihr zwei in die Tiefgarage und montiert an jeder Stütze einen Sprenggürtel. Brandsätze braucht es in der Garage keine. Und ihr zwei kümmert euch um das Treppenhaus. Damit dürfte die Sache perfekt aufgegleist sein. In Acht nehmen müsst ihr euch nur vor den Polizisten, die das Haus bewachen. Ich werde mich über eine gewisse Zeit bei der Liegenschaft aufhalten und notieren, in welchem Rhythmus die Bewachungspersonen ausgewechselt werden."

Alle hatten ihre Aufgabe gefasst und waren bereit für das aufwendige Attentat.

Nach drei Wochen waren alle notwendigen Details geklärt und die Sprengbomben sowie die Brandsätze zusammengestellt und mit Zündern versehen. Aus Erfahrung wusste Wolfer, dass die Auslösung der Zünder mittels

Handysignal am effektivsten war.

„Wir starten morgen mit der Installation", befahl Wolfer.

Es dauerte zwei Tage, bis sie alle Wohnungsmieter erreicht hatten. Aber der Zugang war bei allen sehr leicht. Die beiden Frauen hatten gefälschte Ausweise bei sich, die sie den Bewohnern vorlegten, und ihr selbstsicheres Auftreten besorgte den Rest.

Die Installation der Sprengkapseln in der Tiefgarage dauerte dreissig Minuten. Auch das Treppenhaus war binnen einer Stunde präpariert. Wolfer wendete einen Trick an, um die Polizei zu täuschen. Er gab den Frauen je einen Blumenstrauss und ein in Geschenkpapier eingewickeltes Päckchen mit, sodass es aussah, als würden sie jemanden besuchen. Die Männergruppen betraten das Gebäude immer in den Rundgangpausen der Polizisten. Die Haustür wurde durch die Frauen entriegelt, sodass sie leicht zu öffnen war. Alles klappte hervorragend.

Zurück in Wolfers Wohnung wurde nochmals die ganze Aktion

besprochen. Alle hatten ihren Job gut und schnell erledigt.

„Hat einer der Mieter Verdacht geschöpft, als ihr die Brandsätze angebracht habt?", wollte Wolfer wissen.

„Wir glauben nicht. Eine hat stets die Mieter in ein Gespräch verwickelt und die andere hat in den Zimmern alles erledigt."

Alle waren zufrieden. Wolfer meinte, dass sie nun nur noch die Immobilie an der Forchstrasse zerstören müssten. Er legte den betreffenden Bauplan über denjenigen der Mutschellenstrasse und sagte, dass er ein paar Tage brauche, bis er genau wisse, wie er vorgehen wolle. Er würde die Gruppe dann wieder kontaktieren und zusammenrufen.

„Geht nun nach Hause oder an eure Arbeit. Ihr habt einen guten Job gemacht. Ich entscheide dann, wann ich alles auslösen werde."

Die Gruppe löste sich rasch auf. Wolfer sass am Tisch und brütete über dem Bauplan. Er war sich bewusst, dass die Polizei dieses Haus besonders sorgfältig bewachte, da es bereits einen Anschlag gegeben hatte. Im Moment hatte er noch keine gute Idee, wie er vorgehen sollte. Also beschloss er, sich ein wenig auszuruhen, und legte sich schlafen. Da klingelte es. Er blickte durch den Türspion und sah, dass Elian, eine der Frauen, davorstand. Er öffnete und sie bat um Einlass.

„Ich dachte, dass du vielleicht ein wenig Unterhaltung brauchst. Wir könnten ja zusammen etwas essen gehen?"

„Ich bin überhaupt nicht bereit für so etwas. Bitte, geh nach Hause."

Elian hatte einen Plan und liess sich nicht durch Wolfers Ablehnung abhalten. Sie griff sich an den Pullover, zog ihn über den Kopf und stand mit nacktem Oberkörper vor Wolfer. Sie lächelte ihn an.

„Was meinst du, wollen wir etwas spielen? Ich bin ziemlich geil."

Wolfer wurde wütend und forderte Elian auf, sich wieder anzuziehen und die Wohnung zu verlassen. Elian machte weiter. Sie zog auch die Hose aus und stand nun völlig nackt vor ihm. Er sah, dass sie bis auf eine Landebahn gepflegt rasiert war. Er sah auch schmetterlingsähnliche Flügel zwischen ihren Beinen zittern. Sie wusste, dass sie an ihrem Ziel angekommen war. Er würde schwach werden!

„Gefällt dir, was du siehst? Du kannst das alles haben."

Wolfer überlegte ruhig, wie er sich verhalten sollte. Eigentlich fände er es sehr schön, diesen Körper zu besitzen. Er rückte näher zu ihr und streckte seine Hand zwischen ihre Beine. Er berührte sanft ihre Vulva und bewegte seinen Finger langsam. Elian gefiel das und sie erhoffte sich nun mehr. Wolfer zog seine Hand zurück, nahm die Finger in seinen Mund und leckte sie ab.

„Zieh dich an und verschwinde. Ich habe keine Lust auf dich."

„Bist du sicher, dass du das verpassen möchtest?", flüsterte Elian und knetete mit beiden Händen ihre strammen Brüste.

„Ja, ich bin mir sicher. Ich muss noch Diverses planen und bin nicht in Stimmung, um mit dir zu schlafen. Ich hoffe, du akzeptierst das."

Elian begriff, dass ihr Unternehmen gescheitert war, und zog sich wieder an.

„Schön, wenn du es so willst, dann gehe ich jetzt."

Wolfer bedankte sich für das Angebot und schloss die Wohnungstür hinter ihr.

Kapitel 8

Explosion

Wolfer machte sich Gedanken wegen einer möglichen Verhaftung. Er ahnte, oder besser er wusste, dass die Ermittler bereits herausgefunden hatten, dass alle Brände in Häusern der Schwestern Leuchli ausbrachen. So konnte die Polizei wahrscheinlich eine Spur verfolgen, die am Ende zu ihm führte. Also plante er ein Ablenkungsmanöver. Er suchte in der Stadt Zürich ein älteres Haus, das aus Holz und brennbaren Materialien gebaut war. Fündig wurde er in der Altstadt, am Rennweg 12, einem schmalen Haus in einer Zeile mit historischen Häusern. Bei einem Brand hätte die Feuerwehr alle Hände voll zu tun, ein Übergreifen der Flammen auf die Nachbarbauten zu verhindern.

Er wollte so viel Aufmerksamkeit wie möglich erzielen und entschloss sich, beide Häuser gleichzeitig anzuzünden.

Rico hatte beschlossen, nochmals Verena Leuchli in

Gockhausen zu besuchen. Dieses Mal meldete er sich telefonisch an. Sie vereinbarten einen Termin für den folgenden Morgen.

Rico klingelte, aber niemand öffnete. Er war sich sicher, dass er den Termin richtig notiert hatte. Er klingelte ein weiteres Mal. Nun öffnete sich die Tür und Verena Leuchli entschuldigte sich, weil er warten musste. Sie sei noch unter der Dusche gestanden.

Rico setzte sich an den Küchentisch und Verena servierte ihm einen Kaffee. Es war ein fürchterlicher Kaffee, deutscher Filterkaffee, der schmeckte wie Abwaschwasser.

Rico verzog keine Miene und bedankte sich für den feinen Kaffee.

„Ich muss Ihnen nochmals ein paar Fragen stellen. Es geht um Ihre Stiefschwestern. Wir haben den Eindruck, dass die von Ihnen geschilderte Harmonie mit Ihren Stiefschwestern nicht ganz der Wahrheit entspricht."

„Wieso kommen Sie auf so etwas?", wollte sie wissen.

„Nach Aussagen Ihrer Stiefschwestern herrscht keine nähere Beziehung zwischen Ihnen. Sie haben uns auch nicht gesagt, dass Celine Balsiger wegen Betrugs im Gefängnis war."

Verena entgegnete, dass dies gar nichts mit den Brandfällen zu tun hätte.

„Das wollen wir ja herausfinden. Wenn eine oder alle Stiefschwestern Ressentiments gegen Sie haben, kann es sehr wohl sein, dass die Brandstiftung aus Rache geschah."

Verena Leuchli war erstaunt über diese Sicht der Dinge. Sie wurde fast ein wenig aggressiv und unhöflich gegenüber Rico.

„Wenn Sie meinen, Sie müssten unsere Familie diskreditieren, dann bitte ich Sie zu gehen. Ich bin schliesslich nicht verhaftet oder gelte als Verdächtige. Ich bitte Sie also, Ihren Ton zu mässigen."

Rico sah ein, dass er in einen riesigen Fettnapf getreten war, und entschuldigte sich für seine Äusserungen, aber er spürte auch, dass er damit einen empfindlichen Punkt getroffen hatte.

„Ich darf Ihnen weitere Fragen stellen?"

„Bitte."

„Wieso ist Ihre Schwester Celine im Gefängnis gewesen?",
wollte Rico wissen.

Verena blieb ruhig und versuchte, den Tathergang zu
rekonstruieren.

„Unser Vater hatte neben seiner Tätigkeit als Bankier noch ein
eigenes Geschäft. Er betrieb Diamantenhandel. Da er unsere
Stiefschwestern auch als Familienmitglieder betrachtete,
übergab er Celine die Buchhaltung dieser Firma. Sie hatte ihn
gefragt, ob er für sie einen Job hätte. Nach ungefähr zwei
Jahren stellte unser Vater fest, dass die Zahlen in der
Buchhaltung nicht stimmten, und er liess sie durch einen
externen Revisor prüfen. Dieser stellte erhebliche
Unstimmigkeiten fest. Belege sind gefälscht und Geld auf
andere Konten überwiesen worden, Konten von Celine. So
hatte sie in mehreren Jahren Millionen unterschlagen. Die
gefälschten Unterschriften dienten zur Vertuschung der
Fehlbeträge. Nach Feststellung der Unstimmigkeiten wurde

Celine entlassen und unser Vater verbannte sie aus unserer Familie. Das Geld verlangte mein Vater nicht zurück. Er sagte, es solle ihr Glück bringen.

Das ist die ganze Geschichte. Und seit diesem Moment hatten wir als Schwestern auch keinen grossen Kontakt mehr. Wir trafen uns vielleicht einmal im Jahr per Zufall auf der Strasse oder in einem Restaurant. Auch die anderen Schwestern aus erster Ehe waren von diesem Ereignis betroffen und wir haben den Kontakt zu ihnen vermieden. Unser Vater stellte sich auf den Standpunkt, dass das Verhalten von Celine wohl in der Familie liege."

Rico war somit klar, dass zwischen den Schwestern nicht eitel Sonnenschein herrschte, was ihn zu seiner letzten Frage bewog.

„Wieso war sie dann im Gefängnis?"

„Unser Vater wollte zwar das Geld nicht zurück. Aber er fand, dass sie für ihre Tat einstehen müsse, und hat sie bei der Polizei angezeigt. Dann kam es zu einem Gerichtsverfahren, bei dem Celine zu vier Jahren Gefängnis verurteilt wurde. Sie musste aber nur zwei Jahre absitzen wegen guter Führung. Die Restzeit wurde zur Bewährung ausgesetzt."

Rico bedankte sich für die ehrliche Aussage und war sich nun sicher, eine mögliche Täterin gefunden zu haben. Er verabschiedete sich und fuhr auf direktem Weg zu Sophie, um ihr zu berichten.

Während die beiden im Büro der Staatsanwaltschaft zusammensassen, klingelte das Telefon und Bereuter, der Brandermittler, war am Draht.

„Wir haben schon wieder einen Vollbrand. Diesmal mitten in der Altstadt, am Rennweg. Die Feuerwehr musste mit allen Mitteln ein Übergreifen der Flammen auf die Nachbarhäuser verhindern. Das führte dazu, dass das eigentliche Mittelhaus komplett abgebrannt ist."

Sophie und Rico machten sich sofort auf den Weg zum Brandort. Rico telefonierte von unterwegs Maya, die zu Hause in Zürich Seebach war. Er orientierte sie über den neuen Fall und bat sie, ebenfalls an den Rennweg zu kommen.

„Es wird etwas dauern, bis ich vor Ort bin, aber ich beeile mich."

Sophie stand auf dem Trottoir der gegenüberliegenden Strassenseite und schaute in die Brandruine. Sie schüttelte den Kopf.

„Wir sind noch keinen Schritt weiter. Dein Hinweis zu Celine Balsiger tönt zwar vielversprechend, aber er gibt uns noch keine Sicherheit über den Täter."

Bereuter trat aus dem niedergebrannten Haus und hielt einen kleinen Plastiksack in der Hand. Er zeigte Sophie und Rico das Beweisstück und erzählte, um was es sich handelte. Es war eine Leuchtpistolenpatrone, so wie sie auf Schiffen in Gebrauch sind.

„Die wurde aber nicht abgeschossen", meinte Rico, was Bereuter bestätigte. Er erklärte weiter, dass der gesamte Brand durch solche Patronen ausgelöst worden sei.

„Da mindestens fünfzig Patronen im Haus verteilt wurden,

breitete sich das Feuer sehr schnell aus", orientierte Bereuter. „Was aber viel schlimmer ist als der Brand an sich, ist die Tatsache, dass es fünf Todesopfer gibt. Es wurde eine ganze Familie, die Eltern und drei Kinder, ausgelöscht. Schrecklich. Die Leichen wurden bereits abgeholt und ins forensische Institut gebracht."

Sophie und Rico waren schockiert.

„Es gibt schon viel zu viele Todesopfer. Dieser Fall wird zu einem Monsterfall", so Sophie.

Inzwischen war Maya eingetroffen und wurde von Sophie im Detail orientiert. Auch ihr machte die Nachricht über die tote Familie, insbesondere wegen der Kinder, zu schaffen. Sie war den Tränen nahe, weil es schon wieder Opfer gegeben hatte und sie mit den Ermittlungen nicht vorankamen.

Sophie und Rico vereinbarten, dass die Staatsanwaltschaft Celine Balsiger vorladen solle. Mit der Begründung des Verdachts auf Brandstiftung mit Todesfolge. Sophie telefonierte sofort mit einem ihrer Assistenten und erteilte ihm den entsprechenden Auftrag.

Wolfer sass im Esszimmer. Allein, nur der Polizeifunk lief und er hörte vom Brand am Rennweg. Er vernahm auch von den Todesopfern, was ihn aber nicht sonderlich beeindruckte. Er war mit sich und seiner Tat zufrieden. Die Gruppenmitglieder hatten auch diesmal gute Arbeit geleistet und seine Funkauslösung hatte die grösstmögliche Wirkung gezeigt.

Er entschloss sich, mit dem Tram an den Rennweg zu fahren und den Brandherd zu begutachten. Dies konnte er problemlos wagen, da niemand wusste, wer er war.

Er fuhr mit dem Tram Nummer 7 ins Stadtzentrum und ging zu Fuss den Rennweg hoch. Es roch schon von Weitem nach nassem Rauch. Er liebte diesen Geruch. Er war zwar kein Pyromane, aber der Geruch gefiel ihm trotzdem. Er schaute sich um, stellte sich vor die Bretterwand, die die Feuerwehr errichtet hatte, damit keine Passanten die Brandstelle betreten konnten. Er sah zwei Feuerwehrleute, die den Brandherd bewachten. Es hätte sein können, dass ein

Glutnest zu einem neuen Brand führte. Wolfer drückte das Gitter eines Durchgangs etwas zur Seite und betrat die nasse Feuerstelle. Das Haus war komplett niedergebrannt. Die verkohlten Holzbalken und Gipsplatten lagen wild aufeinander. Möbel und überall verstreute persönliche Gegenstände waren sichtbar.

„Was machen Sie hier? Sie dürfen die Abschrankungen nicht übertreten. Bitte verlassen Sie sofort das Gelände. Das ist gefährlich", rief einer der beiden Feuerwehrmänner. Wolfer fühlte sich ertappt. Er wollte zuerst nicht reagieren, entschied sich dann aber, den Platz zu verlassen.

Er rief die einzelnen Gruppenmitglieder an und bestellte sie in seine Wohnung. Er wollte den neusten Brand besprechen. Dann fuhr er mit dem Tram nach Hause.

„Hallo zusammen. Wir treffen uns hier, um die Details zu besprechen, die zu unserem Erfolg am Rennweg geführt haben."

Er wurde jäh unterbrochen von einem weiblichen Mitglied: „Es hat zu viele Opfer gegeben. Ich bin nicht einverstanden, dass wir so viele Menschen umbringen. Das müssen wir in Zukunft ändern."

Wolfer reagierte verärgert. Ihm waren die Toten egal. Er hatte auch kein Gewissen, schon gar kein schlechtes.

„Dann wirst du mit der Zerstörung der Mutschellenstrasse aber nicht zufrieden sein. Dieses Haus wird nicht nur mit Brandbeschleuniger, sondern auch mit Bomben zerstört werden. Dort müssen wir mit sehr vielen unschuldigen Opfern rechnen. Wenn du Probleme hast damit, musst du unsere Gruppe verlassen. Das Erreichen unseres sachbezogenen Ziels stand von Anfang an über allfälligen Opfern und du warst einverstanden", erwiderte Wolfer.

„Ich habe nicht damit gerechnet, dass ich ein schlechtes Gewissen haben würde. Ich ertrage den Gedanken nicht, dass ich mitverantwortlich bin am Tod von Unschuldigen. Es ist doch so: Wenn unsere Gruppe auffliegt, das heisst, wenn wir geschnappt werden, was durchaus möglich ist, dann kommen wir nicht nur wegen Brandstiftung, sondern auch noch wegen Mords in den Knast. Ich werde also deinen Rat befolgen und die Gruppe verlassen", erklärte sie und griff nach ihrer Tasche. Sie wollte den Raum verlassen, da spürte sie einen stechenden Schmerz im Rücken und fiel zu Boden. Sie war sofort tot. Wolfer hatte sie kaltblütig erschossen.

„Wir können keine Verräter brauchen. Solche Personen gehen mit Sicherheit zur Polizei und gefährden so das ganze Vorhaben. Ist sonst noch jemand der Ansicht, dass wir zu viele Tote haben?"

Die verbleibenden Mitglieder standen oder sassen still beim Tisch und sahen Wolfer ungläubig an. Hatte er tatsächlich geschossen und ihre Mitstreiterin getötet?

Ja, und dennoch schüttelten alle den Kopf und gaben damit ihr Einverständnis zum weiteren Vorgehen.

„Ich werde morgen die Immobilie an der Mutschellenstrasse vernichten", sagte Wolfer mit Stolz.

Ein Gruppenmitglied fragte zum Schluss noch: „Wieso haben

wir eigentlich das Haus am Rennweg zerstört? Das gehört doch gar nicht den Leuchlis."

„Das war ein Ablenkungsmanöver, damit die Polizei nicht merkt, dass es einen Zusammenhang zwischen den Schwestern Leuchli und den Brandanschlägen gibt", erklärte Wolfer. „Zudem war es ein wunderbares Feuer. Ich war auf dem Brandplatz und habe die Trümmer besichtigt. Es war herrlich."

Die Gruppe bedankte sich für die Ausführungen.

„Wir müssen die Leiche entsorgen." Er schaute auf einen seiner Vertrauten und bat ihn, sie verschwinden zu lassen.

„Kann ich sie in Müllsäcken entsorgen?", fragte dieser.

„Ich denke nicht. Bring sie doch ins Spital und wirf sie dort in einen Container heute Nacht. Es kann keine Verbindung zu uns hergestellt werden. Die Polizei muss zuerst die Identität feststellen und das dauert."

Die Mitglieder verabschiedeten sich und verliessen die Wohnung. Die beiden Vertrauten von Wolfer packten die

Leiche in ein grosses Leinentuch und fuhren mit ihr im Aufzug in die Tiefgarage, um sie im Kofferraum ihres Fahrzeuges zu verstauen.

Kapitel 9

Das Attentat

Maya, Rico und Sophie sassen Celine Balsiger gegenüber und schauten sie prüfend an.

„Nun, Frau Balsiger, Sie haben uns verschwiegen, dass Sie wegen einer Klage Ihres Stiefvaters im Gefängnis waren. Erklären Sie uns genau, was dahintersteckt", begann Sophie das Verhör.

Rico ergänzte: „Sie wissen, dass Sie unter Verdacht der Brandstiftung mit mehrfacher Todesfolge stehen?"

Celine Balsiger regte sich in keiner Weise, gerade so, als ob sie das nichts anginge.

„Was genau wollen Sie wissen?", fragte sie, ohne auf die Vorwürfe einzugehen.

„Was war der genaue Grund, wieso Sie Ihr Stiefvater angezeigt hatte?", fragte Sophie zurück.

„Er hat mich nicht angezeigt, das war meine verstorbene

Mutter.“

„Da haben wir aber eine andere Information“, meldete sich
Maya.

„Dann ist diese falsch!“

Für einige Sekunden war es still und niemand stellte eine
Frage.

„Ich war angestellt in der Firma meines Stiefvaters. Er war ja
eigentlich Banker. Nebenbei aber auch Unternehmer im
Diamantenhandel. Meine Aufgabe war es, die Buchhaltung zu
führen. Und das habe ich die ganze Zeit bis zu meiner
Entlassung sauber und korrekt gemacht. Wieso ich entlassen
wurde, ist mir bis heute nicht bekannt.“

Sophie schaute Rico an und beide waren der Ansicht, dass
Celine log.

„Sie lügen doch“, meinte Sophie. „Wir erwarten, dass Sie uns
die Wahrheit sagen. Sonst müssen wir Sie definitiv in
Untersuchungshaft nehmen und das ist bestimmt nicht

angenehm!"

„Ich sage die Wahrheit. Ich habe herausgefunden, dass erhebliche Beträge von den Konten verschwunden waren. Ich habe mich daraufhin mit meinem Stiefvater zusammengesetzt und wir haben beraten, was wir tun sollen. Passiert ist aber nichts. Es ging genau im gleichen Stil weiter. Million um Million verschwand. Meine Buchhaltung war korrekt, aber die Zahlen stimmten nicht mit den Bankauszügen überein. Nach ein paar Monaten intervenierte ich erneut bei meinem Stiefvater. Er machte auch diesmal keine Anstalten, etwas zu unternehmen. Das kam mir mit der Zeit doch verdächtig vor. Da habe ich Kontakt mit meiner Mutter aufgenommen. Sie war ja seine Frau und konnte Einfluss auf ihn nehmen. Das hatte ich zumindest gedacht. Das war aber falsch. Meine Mutter und der Stiefvater steckten unter einer Decke und unterschlugen die Gelder gemeinsam."

„Erzählen Sie weiter, bitte", sagte Sophie.

„Meine Mutter sprach zwar mit dem Stiefvater, aber nicht

darüber, wie die Millionen wieder beschafft werden könnten, sondern wie sie mich am besten loswürden. So wurde meine Buchhaltung durch ein bearbeitetes File ersetzt, ohne dass ich es bemerkte. Meine Mutter, ebenfalls in der Führung von Buchhaltungen kundig, erstellte diese so, dass es aussah, als ob ich das Geld unterschlagen hätte. Dann orientierte sie die Polizei und ich wurde in Untersuchungshaft genommen. Ein forensischer Buchprüfer kontrollierte die gefälschte Buchhaltung und befand diese für korrekt. Das verschwundene Geld hatte mein Stiefvater auf ein Bankkonto auf den Cayman Islands eingezahlt, das auf meinen Namen lautete. Es war ein gerissener Plan, der lückenlos meine Schuld aufzeigte. Meine Unschuldsbeteuerungen halfen nichts. Auch nicht vor Gericht. Mein Anwalt empfahl mir, mich schuldig zu bekennen, dann käme ich mit einer geringeren Strafe davon. Ich kämpfte mit mir und fand es extrem ungerecht, dass ich von meinen Eltern derart betrogen wurde. Am Schluss bekannte ich mich schuldig und der Richter verdonnerte mich zu einer mehrjährigen Gefängnisstrafe. Nach zwei Jahren wurde ich wegen guter

Führung entlassen."

„Wieso haben Sie Ihren Halbschwestern eine ganz andere Story erzählt?", wollte Maya wissen.

„Meine Mutter verstarb unterdessen an Krebs und mein Vater erzählte seinen Töchtern diese Unwahrheit, weil er das Ansehen seiner Frau und sich selbst schützen wollte. Ich glaube, meine Schwestern wissen es einfach nicht besser."

„Haben Sie sich bei Ihren Halbschwestern nie erklärt?", wollte Sophie wissen.

„Nein. Alle fünf hatten den Kontakt zu mir abgebrochen und so die Familie entzweit. Nur meine richtigen Schwestern hielten zu mir. Sie glaubten mir auch. Und darum waren auch sie nicht mehr erpicht darauf, mit den anderen fünf Frauen in Kontakt zu bleiben."

Rico fand, die Geschichte klinge recht plausibel. Er war aber auch der Ansicht, dass die forensischen Beweise nicht unter den Tisch gekehrt werden dürften.

„Haben Sie noch Zugang zu den gefälschten Files?", wollte er wissen.

„Seit dem Tod meines Stiefvaters war niemand mehr in den Räumlichkeiten der Firma. Da die Räume gemietet sind, müssen sie zuerst gekündigt werden. Dies hat bis heute niemand von uns gemacht. Also ja, es müssten noch alle Computer in den Büros sein. Auch der PC, an dem ich gearbeitet habe."

„Dann müssen wir sofort dorthin und den PC holen. Das File und die gesamte Buchhaltung sollte durch einen Topspezialisten nachgeprüft werden. Wenn Sie unschuldig sind, dann finden wir auch Beweise. Haben Sie einen Büroschlüssel bei sich?", fragte Maya ganz aufgeregt.

Celine Balsiger griff in ihre Handtasche und holte einen Schlüsselbund hervor. Sie sortierte die Schlüssel und übergab Maya einen Schlüssel mit roter Kappe. Diese nahm ihn und sagte, dass sie in die Firma fahren und zusammen mit zwei Polizisten alle Computer mitnehmen werde. Sophie, Rico und Celine waren einverstanden.

Es vergingen zwei Stunden und alle PCs standen auf dem

Sitzungstisch im Büro von Sophie. Rico fragte Celine, welches denn ihr Computer sei. Es fiel ihr leicht, diesen zu identifizieren, da sie ihn mit Stickern beklebt hatte.

„Wir lassen die Harddisk entfernen und geben diese in unser Labor. Die Spezialisten dort werden sich eingehend mit den betreffenden Files beschäftigen. Wenn es etwas zu finden gibt, dann finden sie es", versprach Sophie.

Celine wurde gebeten, die Stadt nicht zu verlassen. Sie stünde nach wie vor unter Verdacht. Sie glaubten ihr zwar ihre Geschichte, aber bis diese bestätigt sei, müsse sie sich zur Verfügung stellen. Sie dürfe nun aber nach Hause gehen.

Bei der Nachbesprechung waren sich Maya, Sophie und Rico einig, dass das eine komplizierte Sache war, aber alle drei waren der Ansicht, dass die Geschichte stimmen könnte. Auch dass die anderen fünf Schwestern sich negativ über ihre Halbschwester geäussert hatten, schien nachvollziehbar.

„Aber", meinte Rico, „mit dieser Aussage gab sie sich auch ein Motiv. Es macht sie nicht weniger verdächtig."

Sophie und Maya stimmten zu.

Wolfer stand am Fenster und blickte den vorbeifahrenden Fahrzeugen nach. Wann könnte wohl der richtige Zeitpunkt für das Auslösen der Explosion sein, fragte er sich. Er fand keinen idealen Zeitpunkt und entschloss sich, dies deshalb sofort zu tun.

Er zückte sein Handy und stellte eine Nummer ein. Diese Nummer löste den Zünder aus und die Explosion wurde gleichzeitig von allen hinterlegten Bomben- und Brandsätzen ausgelöst.

Er öffnete das Fenster in der Absicht, vielleicht einen Knall zu hören. Er lauschte. Nichts. Aber das war ok.

Er schloss das Fenster wieder und setzte sich an den Küchentisch. Neben sich das Funkgerät, mit dem er den Polizeifunk abhören konnte.

Es vergingen fünfzehn Minuten. Keine Meldung über Funk. Das fand Wolfer doch sehr eigenartig. Eigentlich müssten Krankenwagen, Polizei und Feuerwehr vor Ort sein. Wieso wurde keine Meldung über Funk abgesetzt?

Wolfer entschloss sich, an die Mutschellenstrasse zu fahren, um zu sehen, was geschehen war. Er rief alle Gruppenmitglieder an und bat sie, in die Wohnung zu kommen. Er sei in einer Stunde ebenfalls dort.

An der Mutschellenstrasse angekommen, war alles wie sonst. Die Autos fuhren am Haus vorbei, Velos und Fussgänger belagerten das Trottoir. Sogar ein VBZ-Bus hielt an der Haltestelle und Menschen stiegen aus und ein.

Wolfer war extrem verärgert. Er zückte sein Handy und stellte die spezielle Nummer nochmals ein. Vielleicht hatte er sich ja vertippt. Er kontrollierte die Zahlen auf dem Display und drückte „Go". Nichts passierte. Er konnte es nicht verstehen. Hatten seine Mitarbeiter Mist gebaut? Tief verärgert fuhr er in seine Wohnung, wo bereits alle Mitglieder auf ihn warteten.

„Was ist geschehen?", fragte einer.

„Eben ist nichts geschehen!"

Wolfer wollte von allen wissen, wie und vor allem wo sie die Bomben und Brandsätze angebracht hatten und ob alle ihre Anweisungen befolgt und richtig ausgeführt hätten.

Alle beteuerten, alles richtig gemacht zu haben.

„Wieso funktioniert es dann nicht?", wollte Wolfer wissen. „Ihr müsst alle Installationen nochmals prüfen. Auch die in den Wohnungen. Ihr müsst euch eben den Zugang nochmals erschwindeln."

Wolfer wurde lauter und befahl ihnen, sich sofort auf den Weg zu machen. Sie hätten noch Zeit bis zum Abend. Keiner entgegnete etwas oder motzte. Sie machten sich auf den Weg. Sie wollten nicht alle mit dem eigenen Auto fahren und nahmen deshalb den Bus. Nachdem sie vor dem Haus standen, teilten sie die Aufgaben neu auf. Jeder musste einen anderen Job kontrollieren, als er ausgeführt hatte, da vier Augen mehr erkennen als zwei.

Nach eineinhalb Stunden trafen sie sich erneut vor dem Haus. Einer berichtete, dass nicht alle Mieter anwesend waren und er deshalb nicht in alle Wohnungen konnte. Was er aber kontrolliert habe, sei korrekt installiert worden. Man durfte also davon ausgehen, dass auch in den anderen Wohnungen alles in Ordnung war.

Auch die restlichen Mitglieder hatten alles kontrolliert und keine Fehler gefunden. Die gesamte Installation war fehlerfrei und sollte eigentlich funktionieren.

Plötzlich gab es mehrere sehr laute Knalle und die Gruppe vor dem Haus wurde von herabfallenden Trümmern erschlagen. Sie waren alle sofort tot. Das ganze Haus fiel in sich zusammen und brannte lichterloh. Kein Stein blieb auf dem anderen. Es sah innert Sekunden so aus, als sei ein dritter Weltkrieg ausgebrochen. Der Schuttkegel reichte bis in die Mitte der Strasse. Vorbeifahrende Autos wurden verschüttet. Zum Zeitpunkt der Explosion befanden sich keine Velofahrer oder andere Fussgänger auf dem Trottoir, nur die Gruppen-mitglieder. Die Flammen züngelten aus jeder Ritze des

Hauses. Alle Wohnungen standen im Vollbrand.

Nach rund zehn Minuten fuhr die Feuerwehr vor, gleichzeitig mit den Krankenwagen. Der Platzkommandant wollte zuerst nach Personen im Haus suchen und schickte zwei Feuerwehrmänner in den Brandherd. Diese kamen aber nicht weit. Die Hitze verunmöglichte das Betreten des Hauses. „Es muss zuerst gelöscht werden, bevor wir nach Personen suchen können", meinte ein Feuerwehrmann.

Also wurden die entsprechenden Vorkehrungen mit Leitern und Schläuchen getroffen und die Löscharbeiten begannen. Da das Haus in sich zusammengefallen war, wurde auch die Feuerbekämpfung stark behindert.

Alle Feuerwehrmänner gaben ihr Bestes und bekämpften das Feuer. Nach sechs Stunden war der Brand mehrheitlich unter Kontrolle, sodass die Feuerwehrleute den Brandherd betreten konnten. Via Funk orientierten sie den Platzkommandanten über die Lage. Es war eine Katastrophe. Es gab keine Überlebenden. Insgesamt hatten sich vierzehn Personen, verteilt auf alle Etagen, im Haus befunden, die nur noch als

Leichen geborgen werden konnten. Zusammen mit den fünf Gruppenmitgliedern starben allein bei diesem Anschlag neunzehn Personen.

Der Brandermittler Bereuter, Rico, Sophie und Maya trafen gleichzeitig am Tatort ein.

Bereuter machte sich sofort an die Arbeit und betrat das Objekt mit kühnen Schritten.

Sophie, Maya und Rico standen wie angewurzelt vor dem Trümmerfeld und gedachten der vielen Opfer.

„Es ist unglaublich, dass wir diesem Teufel nicht das Handwerk legen können. Aber auf jeden Fall ist nun klar, dass Celine Balsiger nichts mit den Bränden zu tun hat", erörterte Sophie.

Rico ergänzte, dass nur noch ein Haus, jenes an der Forchstrasse 179, nicht demoliert sei: „Wir müssen dieses viel intensiver schützen."

„Hier waren ja auch vier Polizisten stationiert, die das Haus bewachten, und trotzdem wurde es zerstört. Wie konnte das geschehen?", fragte Maya.

Alle drei wussten darauf keine Antwort.

„Vielleicht wurden die Brandsätze schon vor längerer Zeit angebracht. Dann hätte die Bewachung nichts gebracht. Wenn die Installationen während der Bewachung stattfanden, dann haben die Polizisten versagt. Die Ermittlungen werden dies zeigen", meinte Ricc und machte sich daran, die Ruine zu betreten.

Sophie untersagte ihm, dies zu tun. Es sei zu gefährlich. Und der Brandermittler erstelle ja einen detaillierten Bericht.

Die neunzehn Todesopfer waren bereits abgeführt. Was sie zurzeit noch nicht wussten, war, dass unter den Toten auch drei Kinder waren im Alter zwischen neun und dreizehn Jahren.

Sophie wurde zusehends verärgert, weil sie keine konkrete Spur hatten und Rico keine Ergebnisse vorweisen konnte.

„Wir können das nicht mehr hinnehmen, Rico, es müssen

dringend Ergebnisse her", wetterte Sophie laut.

Rico und Maya fühlten sich schlecht. Es war das erste Mal, dass sie nach so langer Zeit keine Ergebnisse vorweisen konnten. Aber eines schien nun klar zu sein: „Wenn der Brandstifter es auf die Liegenschaften der Familie Leuchli abgesehen hatte, dann müsste die Brandserie, bis auf die Forchstrasse, nun beendet sein. Das Haus an der Forchstrasse muss nun sehr intensiv bewacht werden", meinte Rico.

Maya entgegnete, dass der Brand am Rennweg kein Objekt der Leuchlis war.

„Wir müssen alles auf null stellen und mit den Ermittlungen nochmals von vorn beginnen", schlug Sophie vor.

Kapitel 10

Endlich konkrete Spuren

Ein Mitarbeiter des Labors meldete sich bei Sophie mit Informationen zu den untersuchten Computern: „Wir haben forensische Beweise sichergestellt. Diverse gelöschte Files konnten wir wieder herstellen und daraus ableiten, dass es zwei verschiedene Buchhaltungen gibt."

Sophie bedankte sich für den Bescheid und bat, diesen in schriftlicher Form zu erhalten.

Dann rief sie Celine Balsiger an und informierte sie über die Ergebnisse der forensischen Untersuchung.

„Frau Balsiger, Ihre Geschichte wurde bestätigt. Sie sind entlastet und stehen nicht mehr unter Verdacht", sprach Sophie.

„Das ist wirklich super. Kann ich Ihnen sonst irgendwie helfen?"

Sophie überlegte kurz und meinte, dass es hilfreich wäre,

wenn sie nochmals bei ihr vorbeikommen könnte. Ihr Ermittler und sie hätten noch ein paar Fragen hinsichtlich der vielen Brände. Frau Balsiger bot an, am kommenden Morgen vorbeizukommen.

Celine Balsiger klopfte an die Bürotür und betrat den Raum, nachdem Sophie ‚Herein' gerufen hatte.

„Bitte setzen Sie sich, Herr Monn wird auch gleich hier sein."

Rico holte Maya zu Hause ab und fuhr dann so rasch er konnte zur Staatsanwaltschaft. Leider verspäteten sie sich, weil die Hardbrücke komplett verstopft war. Er rief Sophie vom Auto aus an und erklärte die Umstände.

„Herr Monn wird sich verspäten, dann fangen wir an, ist Ihnen das recht?", fragte Sophie.

„Bitte."

Sophie Wulschleger erklärte die widrigen Umstände der verschiedenen Brände und dass es sehr viele Todesopfer gegeben habe. Insbesondere beim letzten Brand.

„Können Sie sich vorstellen, in welchem Zusammenhang die Brände und die Schwestern Leuchli stehen könnten?", begann Sophie.

„Wissen Sie, ich will meine Halbschwestern nicht schlecht machen, aber bei denen ist nicht alles Gold, was glänzt. Nach aussen hin zeigen sie sich harmonisch, aber wenn sie unter sich sind, haben sie sehr viel Streit. Es ging stets um ihr Erbe. Ihr Vater war, wie Sie ja nun wissen, ein Betrüger, so wie auch die Mutter. Die Eltern bevorzugten einzelne Töchter unterschiedlich. Gerda war die Erstgeborene und dann kamen die Drillinge Annkatrin, Rosa und Verena zur Welt. Das Küken war Suzan. Der Vater liebte Suzan abgöttisch und erfüllte ihr jeden Wunsch. Dies zum Missfallen der anderen Töchter. Am schlimmsten aber war das Verhältnis zu Gerda. Diese fand keinen Zugang zu den Eltern. Wieso kann ich nicht sagen, aber sie hat stark darunter gelitten. Auf jeden Fall hatten sie sich untereinander sowie mit den Eltern immer stärker zerstritten."

„Woher wissen Sie das alles? Sie sagten doch, dass Sie fast keinen Kontakt mehr zu Ihren Stiefschwestern hatten."

„Als wir noch Kontakt hatten, war es schon so. Und wie wir immer mal wieder hörten, blieb es so. Das heisst, es wurde zusehends schlimmer."

Sophie fragte weiter: „Sie meinen, es könnte durchaus sein, dass eine oder vielleicht mehrere Schwestern in der Lage wären, den anderen Leid zuzuführen?"

„Wie meinen Sie das?", fragte Celine.

„Es wurden auf alle Liegenschaften der Schwestern Brandanschläge verübt. Es könnte auch sein, dass es ein Ablenkungsmanöver war, auch die eigene Liegenschaft anzuzünden. Ein mögliches Motiv könnten die Streitigkeiten untereinander sein. So wie Sie erzählt haben, waren die Zwistigkeiten nicht von geringer Natur."

„Wie gesagt, ich möchte keiner meiner Halbschwestern Schaden zufügen. Aber ich sehe durchaus, dass das eine Möglichkeit sein könnte. Am ehesten traue ich das der

Jüngsten zu, also Suzan."

Sophie wollte wissen, wieso gerade die Jüngste. Was hatte sie gesagt oder gemacht, dass Frau Balsiger sie verdächtigte?

„Durch die Sonderbehandlung des Vaters fühlte sie sich besser als ihre Schwestern und zeigte sich gern als etwas Besonderes. Ich glaube, sie hasst ihre Schwestern. Bei jeder Gelegenheit stellte sie sich über die anderen, und der Vater hat dieses Verhalten stets gedeckt. Das war für ihre Schwestern eine Qual und sie nahmen es dem Vater sehr übel. Die Mutter war eigentlich immer neutral. Das heisst, auch sie bevorzugte das Nesthäkchen, aber sie zeigte es nicht so wie der Vater."

Weiter erzählte Celine: „Ich hatte nur mit einer der Halbschwestern zwischendurch näheren Kontakt, mit Verena. Sie ist die Vernünftigste von allen und ich glaube, sie ist auch die Einzige, die wirklich glücklich ist in ihrem Leben. Ihr habe ich auch erzählt, was ihr Vater und unsere Mutter mir angetan haben. Sie war empört und wollte es ihren Schwestern erzählen. Ich habe ihr aber untersagt, das zu tun. So haben wir uns zwischendurch ausgetauscht und sie besuchte mich auch im Gefängnis; als Einzige, nicht einmal meine eigenen Schwestern besuchten mich, obschon sie von meiner Unschuld überzeugt waren."

Unterdessen kamen Rico und Maya dazu. Sophie wollte das Gehörte nicht nochmals erzählen und sagte, dass sie die beiden später orientieren werde.

Konrad Wolfer hörte diverse Knalle der Explosionen durch das offene Fenster. Er freute sich, dass es endlich klappte und die Funkauslösung funktionierte. Er war sich sicher, dass es lediglich ein Übermittlungsfehler war, der die Auslösung zuerst verhindert hatte. Nun war er sehr zufrieden und rief die Mitglieder der Gruppe Ignis Diaboli an, doch vergeblich. Keine der angerufenen Personen nahm den Anruf entgegen. Das kam ihm zwar seltsam vor, aber er mass dem keine weitere Bedeutung bei.

Noch am gleichen Abend sah er im Fernsehen, dass es viele Tote und Verletzte bei einem Bomben- und Brandanschlag in Wollishofen gegeben hatte. Die Bilder, die gezeigt wurden, waren für Wolfer sehr befriedigend. Was ihn aber schockierte, war eine Liste der Toten. Im Normalfall wurden die Namen der Opfer nicht genannt. Aber die Polizei rechtfertigte damit einen Zeugenaufruf. Sie konnte sämtliche Identitäten sehr rasch feststellen.

Wolfer drückte bei seinem Fernseher die Rücklauftaste und hörte sich die Namen nochmals an. Er konnte nicht begreifen, wieso alle Mitglieder seiner Gruppe bei diesem Ereignis zu Tode gekommen waren. Er konnte sich nicht erklären, was geschehen war. Nun war ihm auch klar, wieso keiner auf seine Anrufe geantwortet hatte. Er war ja wirklich kein emotionaler Mensch, aber diese Nachricht schockierte ihn echt. Er wusste, dass er mit der Auslösung der Explosionen seine Kameraden getötet hatte.

Er ging zum Kühlschrank und holte zwei Flaschen Bier. Die erste stürzte er herunter, die zweite trank er langsam. Er nahm einen Stuhl und setzte sich vor das Küchenfenster. Das Ganze nahm ihn sichtlich mit. Da er keine Gefolgsleute mehr hatte, beschloss er, den unvollendeten Brand in der Forchstrasse nicht erneut durchzuführen. Für ihn war die Sache erledigt. Er wollte nur noch sein Geld. Das war im Übrigen das Einzige, was ihn am Tod seiner Kameraden freute. Das ganze Honorar für die Brandanschläge würde nun an ihn gehen. Und das waren immerhin drei Millionen Franken. Er malte sich aus, was er damit machen könnte. Er sah sich an einem weissen Sandstrand im milden Sonnenlicht mit einem Drink in der Hand. Das war zwar ein abgegriffenes Klischee, aber die Vorstellung gefiel ihm trotzdem.

Er telefonierte mit seinem Auftraggeber und unterrichtete ihn über den gesamten Verlauf des Auftrages. Auch wollte er das ganze Geld auf sein Konto überwiesen haben. Das sah der Auftraggeber jedoch anders. Er meinte, dass der Auftrag nicht ordnungsgemäss erledigt sei. Einerseits stehe die Liegenschaft Forchstrasse 179 noch und das Wohnhaus von Verena Leuchli sei ebenfalls unversehrt. Er weigere sich, eine Zahlung zu leisten, solange diese beiden Objekte nicht zerstört waren. Wolfer erklärte, dass aus Versehen seine ganze Gruppe bei einem Brandfall getötet wurde und er keine Lust habe, ohne Gehilfen weiterzumachen. Das jedoch interessierte den Auftraggeber überhaupt nicht. Er verlangte die vollständige Erfüllung des Auftrages, sonst gebe es kein Geld. Wolfer war zwar sehr erzürnt über diese Reaktion, beschloss jedoch, vorerst nachzugeben.

„Ok, ich werde den Auftrag erfüllen. Aber ich brauche mehr Zeit. Ich muss eine neue Gruppe zusammenstellen."

Der Auftraggeber war einverstanden, verlangte aber, dass das Ganze in vier Wochen erledigt sein müsse. Wolfer befürchtete, dass er ihn hereinlegen könnte, und beschloss, ihn falls nötig ans Messer zu liefern. Er könnte ihn bei der Polizei verpfeifen, ohne dass dieser ahnte, dass er ihn angezeigt hatte. Er musste sich aber erst einen lückenlosen Plan für seine Zukunft zurechtlegen. Da er für diesen Plan Zeit brauchte, entschied er sich, die beiden verbleibenden Liegenschaften allein zu vernichten. Dann bekäme er das Geld und könnte seinen Plan verwirklichen. Er wollte auf keinen

Fall auf das Geld verzichten.

Er wusste, dass die Liegenschaft an der Forchstrasse nun sehr viel intensiver bewacht wurde und es sein ganzes Können erforderte, dieses Haus zu zerstören. Er begann mit der Planung.

Gleichzeitig wusste er, dass ein Brand in einem Einfamilienhaus ein leichtes Unterfangen war. Das Haus stand nicht unter Beobachtung. Die Polizei nahm an, dass nur die geerbten Mehrfamilienhäuser der Geschwister Leuchli Bränden zum Opfer fallen würden und nicht das kleine Wohnhaus, das Verena Leuchli selber gekauft hatte. Also beschloss er, das Einfamilienhaus in Gockhausen als Erstes abzubrennen. Er telefonierte Verena Leuchli und log ihr vor, dass er der Freund der Stiefschwester Sonja sei und gerne mit ihr reden würde. Verena hatte keinen Grund, ihm das nicht zu glauben, und verabredete sich mit ihm im Café Felix am Bellevue. Er würde selbstverständlich nicht zu dieser Verabredung gehen und so eine gute Stunde Zeit haben, das Haus mit Brandbeschleuniger zu bestücken und es abbrennen zu lassen.

So geschah es auch. Verena bestieg ihr Auto und fuhr los in Richtung Zürich. Da Wolfer bereits seit einer Stunde an der Kreuzung in der Nähe ihres Hauses gewartet hatte, konnte er das Geschehen gut beobachten. Er fuhr also auf den Garagenvorplatz des Hauses und stieg rasch aus. Er klingelte an der Haustüre. Er wollte sichergehen, dass niemand anwesend war.

Dann öffnete er geschickt mit einem Dietrich die Tür und betrat das Haus. Die Brandsätze waren sehr schnell angebracht. Einerseits war es kein grosses Haus und andererseits kannte er den Grundriss von den Plänen. Das Ganze war in einer Viertelstunde erledigt. Er setzte sich wieder ins Auto und fuhr etwa hundert Meter weg. Dann telefonierte er und löste damit den Zünder aus. Das Haus brannte innert fünf Minuten lichterloh in alle Geschossen. Dann rief er die Feuerwehr an und meldete den Brand. Dies tat er, weil er nicht wollte, dass die beiden Nachbarhäuser in Mitleidenschaft gezogen wurden. Er wartete, bis die

Feuerwehr eintraf und war überzeugt, dass alles so ablief wie geplant. Dann fuhr er zurück in seine Wohnung. Verena Leuchli, die von all dem nichts ahnte, wartete etwa eine Stunde auf den Mann. Als er nicht kam, zahlte sie, verliess das Café und fuhr zurück nach Gockhausen.

Als sie an ihrem Wohnort ankam, sah sie einige Feuerwehrfahrzeuge und eine Menge Feuerwehrmänner. Es dauerte nicht lange, bis sie realisierte, dass ihr Haus vollständig abgebrannt war. Sie war schockiert und begann zu weinen. Verzweifelt schlug sie die Hände vors Gesicht. Das sah der Platzkommandant der Feuerwehr und ging auf sie zu.

„Ist das Ihr Haus?", fragte er.

„Ja, das war mein Haus und darin befanden sich all meine Habseligkeiten. Ich stehe vor dem Nichts", antwortete sie schluchzend.

„Wissen Sie, wohin Sie gehen können oder wo Sie heute Nacht schlafen werden?"

„Ich denke, ich werde bei einer meiner Schwestern

unterkommen."

Kapitel 11

Suzan Leuchli wird verhaftet

Basierend auf der Vermutung von Celine Balsiger meinte Sophie, dass es gerechtfertigt sei, Suzan Leuchli zu verhaften und in Untersuchungshaft zu nehmen.

Ein Polizeiwagen mit zwei Beamten fuhr bei ihr vor und nahm sie in Gewahrsam. Sie verstand die Welt nicht mehr und protestierte heftig. Das alles ergab für sie keinen Sinn.

Suzan Leuchli wurde ins Verhörzimmer gebracht, wo Sophie sie bereits ewartete.

„Bitte nehmen Sie Platz, Frau Leuchli."

Sie setzte sich nur zögernd und protestierte immer noch lautstark.

„Bitte beruhigen Sie sich. Wir haben Sie verhaftet, weil Sie unter dringendem Verdacht der mehrfachen Brandstiftung mit Todesfolge stehen."

Suzan war mehr als entsetzt. „Wie kommen Sie denn auf so

eine absurde Idee?"

„Aufgrund der Schilderungen einer Zeugin sind wir gezwungen, den Sachverhalt genau zu untersuchen. Darum wurden Sie in Untersuchungshaft genommen", erklärte Sophie.

Frau Leuchli enervierte sich noch mehr. Sie fand das eine Frechheit und wollte sofort ihren Anwalt anrufen.

„Das ist Ihr gutes Recht. Haben Sie seine Nummer?"

Suzan griff in die Tasche ihres Blazers und holte ein kleines blaues Büchlein hervor. Es war ihr Adressbuch, das sie immer bei sich trug.

Sophie schob den Tischapparat näher zu Suzan und sie telefonierte mit ihrem Anwalt. Er versprach, binnen einer Stunde da zu sein.

„Ich beantworte keine Fragen und mache keine Aussagen, bis mein Anwalt hier ist", drohte Suzan immer noch in aggressivem Ton.

Sophie verliess das Zimmer und setzte sich in ihr Büro. Sie wollte nicht mit der Verdächtigten in einem Raum warten. Sie rief Rico an und fragte ihn, ob er beim Verhör dabei sein möchte. Rico lehnte ab. Er fühlte sich nicht gut. Sowohl er als auch Maya waren ziemlich frustriert. Sie waren es nicht gewohnt, bei ihren Ermittlungen derart schlecht abzuschliessen.

„Wir kommen keinen Schritt weiter", sagte er zu Maya. Diese nickte, holte sich einen Kaffee und setzte sich neben Rico.

„Lass uns nochmals alle Fakten zusammentragen. Vielleicht haben wir etwas übersehen."

Was Rico am meisten störte, war, dass Sophie die Schwestern verdächtigte. Er war der Ansicht, dass diese nichts mit den Brandanschlägen zu tun hatten. Er konnte nicht genau sagen wieso, es war ein Bauchgefühl, und dieses hatte ihn noch nie im Stich gelassen. Zudem standen Verdächtigungen, die sogenannten Beweise, seiner Meinung nach auf wackeligen Beinen.

Er wollte nochmals mit dem Brandermittler Bereuter

zusammenkommen und alle gesicherten Spuren durchgehen. Er rief ihn an und vereinbarte einen Termin. Bereuter schlug Rico vor, zu ihm ins Labor zu kommen. Dort könnten sie alles ansehen und besprechen.

Maya, Bereuter und Rico standen um den Untersuchungstisch herum. Darauf lagen alle Fundstücke. Es waren nicht sehr viele. Vor allem waren es Teile von Zündern, von Brandbeschleunigungsbehältern und dergleichen.

„Sind irgendwelche Fingerabdrücke auf einem der Teile nachzuweisen?", fragte Maya.

Bereuter verneinte. Er nahm an, dass die Täter Handschuhe trugen, sowohl bei der Herstellung der Brandsätze als auch bei deren Installation.

„Das Einzige, was wir gefunden haben, ist ein Herstellerschild auf einem der Zünder. Es war zerkratzt und auch verkohlt, aber wir konnten es im Labor wieder lesbar machen. Hier ist es. Dieser Beweis ist ganz frisch, Frau Wulschleger weiss noch nichts davon."

Rico war begeistert. „Über diese Plakette können wir den Käufer ermitteln. Da es sich um spezielle Gerätschaften handelt, die bei Sprengungen eingesetzt werden, ist der Verkäufer von Amtes wegen verpflichtet, die Käufernamen zu registrieren."

„Dürfen wir die Plakette mitnehmen? Wir fahren sogleich zu Frau Wulschleger und orientieren sie über den neuen Ansatz", sagte Maya und griff nach dem Plättli.

Rico freute sich sehr, endlich einen konkreten Hinweis erhalten und eine Spur gefunden zu haben, die sich lohnte verfolgt zu werden.

Rico und Maya fuhren bei Sophie vorbei. Diese sass in ihrem Büro und schaute aus dem Fenster. Sie wartete noch immer auf die Ankunft des Anwaltes. Seit dem Telefonat von Suzan Leuchli waren bereits drei Stunden vergangen.

Rico und Maya traten ein und legten die Plakette vor Sophie

auf den Tisch.

„Was ist das?", fragte Sophie.

„Das ist der erste konkrete Schritt in den Ermittlungen. Mit dieser Plakette können wir den Käufer der Brandsätze ausfindig machen und so vielleicht an den Brandstifter herankommen. Wie ich dir bereits mehrfach gesagt habe, bin ich nicht deiner Ansicht, dass die Schwestern etwas mit den Anschlägen zu tun haben", erklärte Rico.

Sophie war nie abgeneigt, den Intuitionen von Rico zu folgen, hatten sie doch schon einige Male zum Erfolg geführt.

„Gut, Rico, du besorgst die Adresse und den Namen des Käufers. Ich warte weiter auf den Anwalt von Frau Leuchli."

Maya fragte, ob sie Sophies Computer benutzen dürfe, um im Internet nach der Herstellerfirma zu suchen. Sophie war natürlich einverstanden. Es dauerte lediglich ein paar Minuten und Maya druckte sämtliche Daten der Firma aus.

Rico telefonierte mit dem Hersteller und fragte nach dem Käufer der Zünder. Der Angestellte weigerte sich, ohne richterlichen Beschluss einen Namen herauszugeben.

Da übernahm Sophie den Hörer, stellte sich vor und verlangte die Herausgabe der Daten. Sie werde via E-Mail eine schriftliche Bestätigung nachliefern. Der Angestellte liess sich überzeugen und gab die Daten per Telefon weiter.

Herr Konrad Wolfer

geboren 12. Juli 1980

Bellariastrasse 81

8038 Zürich

Telefon 076 462 18 23

Rico nahm den Zettel an sich und meinte, dass sie sofort die Adresse kontrollieren müssten. Man wisse ja nie, ob es ein falscher Namen sei.

Maya tippte die Adresse in den PC von Sophie und bestätigte, dass ein Konrad Wolfer an dieser Adresse wohnte.

Sophie mahnte zur Vorsicht und Zurückhaltung. Man wolle doch einen möglichen Täter nicht verscheuchen. So entschlossen sie sich, die Wohnung vorerst zu oberservieren und erst später zuzuschlagen.

Wolfer orientierte seinen Auftraggeber, dass er das Einfamilienhaus abgebrannt hatte. Dieser fragte, ob nun nur noch die Forchstrasse vernichtet werden müsse. Wolfer bejahte.

Er war daran, einen raffinierten Plan zu entwickeln und dabei die verschärfte Bewachung zu umgehen. Er telefonierte mit einem Kostümverleih und fragte, ob sie eine Feuerwehruniform hätten. Er brauche diese für einen Feuerwehrball.

„Ja, das haben wir. Wollen Sie eine Offiziersuniform oder eine normale?", fragte die Angestellte.

Wolfer meinte, dass er gleich vorbeikommen und die Offiziersuniform abholen werde.

Dann betrat er ein Elektronikfachgeschäft und kaufte sechs Drohnen, die mit einer Kamera ausgerüstet waren und Lasten transportieren konnten.

Der Verkäufer machte ihn darauf aufmerksam, dass seit Neuestem ein Drohnenführerschein notwendig sei.

Wolfer wusste das, aber er wollte keine Prüfung machen, weil dabei sein Name registriert würde.

Seine Idee war, als Feuerwehrmann in allen Wohnungen vorbeizuschauen und die Bewohner aufzufordern, ein Fenster zum Innenhof zu öffnen. Die Feuerwehr müsse mit Drohnen überprüfen, ob die Zugänglichkeit der Wohnungen bei Löscharbeiten gewährt sei. Die Bewohner würden dieser Anweisung sicher Folge leisten und er hätte so Zugang zu den Wohnungen. Das Treppenhausfenster könnte er selbst öffnen.

Er befand den Plan als absolut durchführbar und seine Idee grossartig. Also fuhr er an die Forchstrasse 179, parkierte sein Fahrzeug in der Nähe und schritt auf die Polizisten zu.

„Hallo zusammen, ist bei euch alles paletti?", fragte er.

„Ja, bei uns ist alles klar, keine besonderen Vorkommnisse. Was machst du hier?"

„Ich muss bei den Mietern eine Ausführungskontrolle durchführen, damit wir den Zugang gesichert haben, falls es brennen sollte. Das machen wir seit einigen Jahren bei allen Liegenschaften. Und da es vor Kurzem in diesem Haus gebrannt hat, behandeln wir es bevorzugt", erklärte Wolfer selbstsicher.

Die Polizeibeamten nahmen ihm die Erklärung ab und sahen keinen Grund, diese anzuzweifeln. Sie liessen den Feuerwehrmann ins Haus.

Mieter für Mieter erklärte er das wichtige Vorhaben. Sie sollten für mindestens zwei Stunden das betreffende Fenster weit offen lassen. Sämtliche Mieter nahmen die Anweisungen entgegen und befolgten sie brav.

Auch die beiden übereinanderliegenden Treppenhausfenster wurden durch ihn geöffnet. Das Haus war also bereit.

Er verliess das Gebäude und verabschiedete sich von den

Polizisten. Diese grüssten ebenfalls höflich zurück und schritten ihren Parcours weiter ab.

Wolfer musste sich beeilen. Er öffnete die Heckklappe seines Autos und legte die zuvor präparierten Drohnen vorne auf die Kühlerhaube. Er hatte diese so programmiert, dass er mit einem Steuerungsgerät alle sechs Drohnen gleichzeitig bedienen konnte. Er schritt etwas zurück und startete alle Drohnen. Zu steuern waren sie sehr leicht, da jede mit einer Kamera ausgestattet war und er den Monitor so eingerichtet hatte, dass er alle Drohnen darauf sehen konnte. Er flog diese zielgenau auf das Haus zu und lenkte die Drohnen über das Dach in den Innenhof. Dann standen die Drohnen vor den geöffneten Fenstern in der Luft still und warteten auf den Angriffsbefehl. Er drückte den besagten Knopf und alle Drohnen flogen durch die geöffneten Fenster. Die anwesenden Mieter hörten das Geräusch und verfolgten die Geschehnisse.

Nachdem jede Drohne ihr Ziel erreicht hatte, drückte Wolfer den Funkauslöser und es gab sechs sehr laute Knalle. Die

Räume wurden durch die Explosion stark beschädigt, sodass der Brandbeschleuniger leichtes Spiel hatte. Das Haus brannte in sehr kurzer Zeit lichterloh. Die Polizisten bemerkten kein Feuer. Sie hörten lediglich die Knalle. Einer rannte besorgt in den Innenhof und sah, dass das Gebäude brannte. Er rief sofort die Feuerwehr, die mit fünfzehn Minuten etwas länger als sonst brauchte. Alle Stockwerke standen in Flammen und das Feuer frass sich durch jeden Raum.

Wolfer setzte sich in seinen Wagen und fuhr nach Hause. Es war vollendet und er würde nun sein Geld kriegen.

Während der Fahrt telefonierte er mit seinem Auftraggeber und berichtete ihm, dass der gesamte Auftrag erledigt sei. Dieser nahm das mit Befriedigung zur Kenntnis und sagte Wolfer, wann und wo er ihm das Geld persönlich übergeben werde.

Das war das Einzige, was Wolfer interessierte.

Auch bei diesem Brand gab es Todesopfer. Zwei ältere Leute schafften es nicht rechtzeitig aus dem Haus. Die Feuerwehr konnte nur noch ihre Leichen bergen.

Brandermittler Bereuter war wie immer vor Ort. Er konnte sagen, dass es diesmal eine sehr raffinierte Methode war, aber im Grundsatz die gleichen Behälter, die gleichen Zünder und der gleiche Sprengstoff. Bereuter orientierte Sophie Wulschleger telefonisch über den neuesten Brand.

„Das war nun wohl der letzte. Die Geschwister besitzen keine weiteren Liegenschaften", meinte sie.

Sie sollte recht behalten. Die Brandstifterserie war zu Ende.

Wolfer fuhr vor seine Wohnung. Er bemerkte nicht, dass der Ort observiert wurde. Er stieg aus, zupfte an seiner Uniform herum und betrat das Haus.

Der zivile Polizeibeamte telefonierte Sophie und fragte sie, ob Wolfer bei der Feuerwehr sei.

„Das weiss ich nicht, aber das lässt sich herausfinden. Ich kümmere mich sofort darum", antwortete Sophie.

Sie erkundigte sich bei der Personalstelle der Feuerwehr Zürich. Dort teilte man ihr mit, dass kein Konrad Wolfer bei der Feuerwehr sei.

Diese Information gab Sophie dem observierenden Beamten weiter. Dieser erzählte, dass Wolfer soeben in einer Feuerwehr-Offiziersuniform das Haus betreten hatte.

„Was soll ich unternehmen?", fragte er Sophie.

„Nichts, bleiben Sie vor Ort und beobachten Sie weiter."

Brandermittler Bereuter gab sich zufrieden mit der örtlichen Untersuchung. Ihm war es gelungen, eine Drohne, die nicht vollständig zerstört war, zu bergen. Er fuhr damit ins Labor und untersuchte sie in allen Details. Und siehe da, es gelang ihm, einen Fingerabdruck zu sichern.

„Damit kann bewiesen werden, wer der Brandstifter ist",

sagte Bereuter am Telefon zu Sophie. Auch sie war begeistert, dass es nun endlich vorwärtsging.

Maya und Rico wurden ebenfalls orientiert.

Konrad Wolfer rückte immer mehr in den Fokus als Hauptverdächtiger. Sophie wollte ihn aber noch nicht verhaften. Sie wollte absolut stichhaltige Beweise in der Hand haben, damit es ein sicheres Verfahren war.

Rico bot sich an, an der Observierung teilzunehmen, und löste die beiden Polizisten ab. Maya und Rico sassen im Auto und hörten Jazzmusik. Beide liebten Jazz. Rico war eher beim Swing zu Hause, Maya liebte Modern Jazz.

Konrad Wolfer verliess das Haus. Maya stupfte Rico, der in ein Buch vertieft war.

„Mach dich bereit, es geht los."

Wolfer bestieg sein Auto, das er am Strassenrand direkt vor dem Haus parkiert hatte, und fuhr Richtung Innenstadt. Rico musste zuerst sein Fahrzeug wenden, dadurch war der Abstand zu Wolfer etwas grösser. Maya bat ihn, schneller zu fahren, was Rico auch versuchte. Nachdem sie wieder einen annehmbaren Abstand zum Vordermann hatten, reduzierte er die Geschwindigkeit und fuhr im Normaltempo hinterher.

Wolfer schien zu bemerken, dass er verfolgt wurde. Er entschloss sich, einige Manöver zu fahren, um zu sehen, ob er richtig liege.

Er beschleunigte und bog heftig nach links ab. Dann bremste er wieder ab und bog eng nach rechts ab. Dann beschleunigte er wieder und bog abermals nach links ab und bei der nächsten Kreuzung wieder nach links und dann wieder nach links und nochmals nach links. Rico ahnte, dass Wolfer seine Verfolger bemerkt hatte, und liess sein Fahrzeug nach hinten abfallen, um den Verdacht nicht zu erhärten. Mit dem Risiko, Wolfer zu verlieren, fuhr er an den Strassenrand und wartete ab. Da es nicht seine erste Verfolgung war, wusste er, dass ein Verfolgter nach diversen Ablenkungsmanövern stets an den Ursprungsort zurückfuhr. Er hoffte, dass dies auch in diesem Fall auf den nächsten hundert Metern geschehen würde.

Kurz bevor er aufgeben wollte, sah Maya den Wagen von

Wolfer vor sich. Sie freute sich, dass die Erfahrung von Rico half.

Sie fuhren erneut hinter Wolfer her. Mit zwei Autos dazwischen schien er nichts mehr zu merken. Wolfer fuhr auf der Autobahn zum Flughafen. Er stellte sein Fahrzeug im Parkhaus 2 ab und betrat den Aufzug. Rico und Maya parkierten ihr Fahrzeug auf der gleichen Etage, jedoch ziemlich weit weg von Wolfer. Sie wollten nicht wieder entdeckt werden. Gleichzeitig telefonierte Rico mit Sophie und informierte sie, dass Wolfer am Flughafen war.

„Soll ich irgendetwas unternehmen?", fragte Rico. Wir wollen ja nicht, dass er wegfliegt."

„Nein, ich bin immer noch der Ansicht, dass wir zu wenig stichhaltige Beweise haben. Lass ihn im Moment noch."

Wolfer ging zügig durch die Hallen und direkt zum Easyjet-Schalter. Rico und Maya standen etwa fünfzig Meter weg und lehnten an einen Gepäckwagen. So sah es aus, als warteten sie aufs Einchecken.

„Meinst du, man glaubt uns das? Wir haben gar keinen Koffer dabei", sagte Maya lachend und Rico lachte ebenfalls.

Sie sahen, wie Wolfer sich bei der Dame bedankte und wegging. Maya begab sich schnell zum Schalter und fragte unter einem triftigen Vorwand, wohin der vorherige Kunde denn fliege.

„Der wollte nur eine Auskunft. Ich weiss nicht, wohin er fliegt, falls er überhaupt fliegt", gab die Frau am Schalter zur Auskunft.

Rico stellte die rein rhetorische Frage, was er wohl für eine Auskunft verlangte.

Wolfer schlenderte in die Ankunftshalle und setzte sich in einen der vielen unbequemen Plastiksitze, die dort stehen.

„Ich glaube, er holt jemanden ab", meinte Maya. Sie schaute auf die Anzeigetafel und versuchte den Flug herauszufinden, auf den er wartete. Im Normalfall kommt jemand, der Gäste abholt, ungefähr eine halbe Stunde früher. Also musste sie nur die Ankunftszeiten plus eine halbe Stunde heraussuchen.

Es gab acht Flüge, die infrage kamen. Drei aus Amerika, vier aus Europa und einer aus Afrika. Alle Ankunftszeiten bewegten sich fünf bis zehn Minuten um die vermutete Ankunftszeit.

Beide versuchten zu raten, welcher Flug es wohl sein würde. Rico meinte, dass es einer aus Europa sein müsse, und Maya tippte auf einen aus den USA.

Die Warterei ging beiden auf die Nerven. Endlich stand Wolfer auf und stellte sich an die Metallschranke beim Zollausgang. Maya schaute auf die Tafel und meinte, es sei der Flug aus Afrika, sie hätten wohl beide nicht recht gehabt. Zehn Minuten später erschienen die ersten Fluggäste des Afrika-Fliegers. Wolfer ging zurück zu den Sitzen und setzte sich wieder. Eigentlich war Rico froh, dass es nicht der Flug aus Afrika war. Wieso er das dachte, wusste er selbst nicht.

Zehn Minuten später stand Wolfer erneut beim Zollausgang. Er schaute auf seine Armbanduhr und nickte.

„Also wird es ein Flieger aus Europa sein, und zwar der

nächste aus Berlin", mutmasste Maya.

Rico lächelte leise und Maya wusste, was er dachte.

Es dauerte etwas länger, bis die ersten Fluggäste herauskamen. Seltsamerweise kam niemand durch den Durchgang mit Sachen zum Verzollen. Offensichtlich hatte niemand etwas zu verzollen, was kaum der Wahrheit entsprach.

Nach kurzer Zeit hob Wolfer seinen Arm und winkte einem Fluggast zu. Es war eine wunderschöne schlanke Frau, eine Frau ohne Alter, die auf jedem Magazincover Begehrlichkeiten auslösen würde. Maya schaute Rico von der Seite an und erkannte, dass ihm diese Frau gefiel.

„Du bist doch nicht etwa eifersüchtig?", fragte Rico und lächelte.

Kapitel 12

Besuch aus Berlin

Maya und Rico stellten fest, dass ihre Befürchtung, Wolfer wolle das Land verlassen, unbegründet war.

Er begrüsste die Frau aus Berlin, nahm ihr das Gepäck ab und führte sie zu seinem Wagen. Sie schienen sich gut zu kennen. Sie sprachen die ganze Zeit und lachten viel. Maya fand es wichtig, den Namen der Frau zu erfahren. Aber wie sollten sie diesen herausfinden? Rico hatte die Idee, bei der Fluggesellschaft eine Passagierliste anzufordern. Viele allein reisende Frauen könne es ja nicht haben in einem Flugzeug. Er telefonierte mit der Gesellschaft, identifizierte sich als Mitarbeiter der Staatsanwaltschaft und erfragte die Liste für den Flug LX2118 aus Berlin. Der Angestellte sandte die Liste per Mail an Rico. Es vergingen keine drei Sekunden und er öffnete die Mail mit der Passagierliste und durchforstete die Namen. Er fand drei Frauen, die allein zu reisen schienen, und notierte ihre Namen.

Auf der Parkebene standen Wolfer und die Frau noch eine Weile vor der geöffneten Heckklappe und lachten.

Maya hätte gerne gewusst, was sie so Lustiges zu bereden hatten. Sie würde auch gerne mitlachen.

Rico hatte eine Idee und ging auf die beiden zu.

„Entschuldigen Sie. Ich bin vom Sicherheitsdienst des Flughafens und wir haben gesehen, dass Sie mit dem Flug von Berlin gekommen sind. Wir haben ein Gepäckstück im Flugzeug gefunden und suchen nach einem der folgenden Namen: Heiniger, Fahrner, Gottweiler. Sind sie eine dieser Personen?"

Die Frau antwortete ohne zu zögern: „Ja, ich bin Ella Fahrner. Um welches Gepäckstück handelt es sich denn?"

„Es ist so eine Art Turnsack, der im Flugzeug liegen geblieben ist. Den Inhalt haben wir nicht geprüft, gehört der Ihnen?"

„Nein, ich habe mein ganzes Gepäck. Der muss wohl einer anderen Person gehören."

Rico bedankte sich und ging zurück zu seinem Wagen, wo Maya auf ihn wartete. Er meldete ihr stolz, dass ihr Name Ella Fahrner war.

„Damit können wir etwas anfangen. Ich werde nach unserer Rückkehr sofort einen Suchlauf machen. Vielleicht finden wir eine Vorstrafe oder ein anderes Delikt. Auf jeden Fall können wir sie nun abklären", sagte Rico.

Maya rief Sophie an und erzählte ihr, dass Wolfer lediglich eine Frau abgeholt hatte und wieder auf dem Weg nach Zürich sei. Sie erzählte ihr auch, dass sie den Namen der Frau herausgefunden hätten und sie doch bitte im PC nach ihr suchen solle.

Sophie war begeistert, tippte den Namen in das Fahndungsprogramm und starte den Suchlauf.

Maya und Rico verfolgten Wolfer nicht mehr so streng. Falls sie ihn verloren, wäre das auch egal. Sie wussten ja, wo er wohnte. Und so, wie es schien, fuhr er zurück zu seiner Wohnung.

Wolfer und Ella Fahrner setzten sich auf das Sofa und plauderten lustig weiter. Es war erstaunlich, wie viel die beiden lachten. Sie schienen eine fröhliche Verbindung zueinander zu haben.

Ella fragte, ob er ein Glas Champagner habe. Wolfer musste ihn im Keller holen. In seinem Weinkühler lagen zwei Flaschen Veuve Clicquot brut. Er fuhr mit dem Lift ins Untergeschoss und malte sich dabei aus, wie er Ella am besten ins Bett kriegen würde.

Ella nahm ihm die Flasche aus der Hand, riss die Folie weg und öffnete die Flasche geschickt. Sie sagte, es sei wichtig, mit der einen Hand den Flaschenhals zu umfassen und mit der anderen Hand mittels Drehung den Zapfen zu lösen. Dann gäbe es keinen Knall und der Saft bleibe in der Flasche. Sie schenkte zwei volle Gläser ein und erhob ihres zum Prosten.

Sie sah Wolfer in die Augen und wusste genau, was er vorhatte. Eigentlich wünschte sie es auch, aber sie wollte ihn ein wenig auf die Folter spannen. Wolfer kam näher und versuchte sie zu küssen. Sie aber drehte den Kopf weg und entkam so seiner Annäherung. Er war etwas enttäuscht, aber er hob sein Glas nochmals zum Gruss. Er glaubte, dass sie noch zu wenig getrunken hätte, und schenkte ihr nach. Beide lachten.

Nach diversen Annäherungsversuchen und steter Ablehnung durch Ella kam sie auf ihn zu und küsste ihn leidenschaftlich auf den Mund. Wolfer war sich schon fast sicher gewesen, dass er keine Chance bei ihr hätte. Entsprechend freute er sich über den Kuss. Ella hielt seinen Nacken fest und kraulte diesen intensiv. Dann fiel sie auf die Knie, öffnete den Reissverschluss seiner Hose, holte sein Glied heraus und schaute ihm in die Augen. Von unten sah sein Gesicht etwas komisch aus, aber sie lachte. Er fühlte sich wohl. Sie hielt sein Glied und begann mit leichten Massagen. Die Vor- und Rückwärtsbewegungen wurden immer intensiver. Sie nahm auch seine Eichel in den Mund und spielte mit der Zunge ein verrücktes Spiel. Sie wusste, dass ein pulsierendes Glied bedeutet, dass er bald kommen würde. Sie machte weiter, immer intensiver und schneller. Wolfer wollte zwar mit ihr schlafen, aber er konnte sich nicht mehr beherrschen und entlud sich auf ihr Gesicht.

Beide lachten. Ella strich sich mit den Fingern über ihre Wangen und leckte den Saft genüsslich ab. Wolfer war erleichtert. Er konnte aber nicht sofort weitermachen und steckte seinen Penis wieder in die Hose. Ella stand auf und holte aus der Küche einen Lappen, mit dem sie ihr Gesicht abwischte.

„Ich muss ins Bad, mich sauber machen."

Wolfer füllte die beiden Gläser nochmals auf, ging damit ins Bad und streckte Ella ein Glas entgegen.

„Du bist schon eine Wahnsinnsfrau", sagte er und streichelte ihr über die feuchte Wange.

„Lass uns nun zum Geschäftlichen kommen", sagte Ella und setzte sich wieder auf das Sofa.

Wolfer nahm ein Notizbuch zur Hand, öffnete es und las vor.

„Lieferung der Steine bis Ende Monat per Flug nach Zürich Airport. Der genaue Zeitpunkt und die Flugnummer werden noch bekannt gegeben."

„Wie viel wird es sein?", fragte Ella.

„Ich meine, es werden Steine für zwanzig Millionen Euro sein. Der Minenbesitzer wollte fünf Millionen. Die habe ich ihm vor einer Woche überwiesen", sagte Wolfer.

Ella war sehr zufrieden. Sie wusste, wenn Wolfer von zwanzig Millionen ausging, waren sicher dreissig zu lösen. Die Mitglieder der Händlergruppe, mit der Ella in Verbindung stand, waren alles Juden mit sehr viel Geld. Sie verarbeiteten die Diamanten weiter und verkauften sie zu einem Mehrfachen des Einstandspreises.

„Lass uns was essen gehen. Es ist schon nach acht", schlug sie vor und erhob sich. Wolfer war einverstanden und holte ihren Mantel aus der Garderobe. Wie ein richtiger Gentleman half er ihr in den Mantel.

„Kennst du ein schickes Lokal?", wollte sie wissen.

Wolfer bejahte und reservierte telefonisch im Restaurant Bürgli an der Kilchbergstrasse 15 in Zürich-Wollishofen. Das

Lokal befand sich in der Nähe seiner Wohnung und er konnte auf dem Weg am Brandort an der Mutschellenstrasse vorbeischauen. Ella wusste nichts von diesem Auftrag. Aber er fand es wichtig, nochmals zu prüfen, wie es dort aussah.

Sie sassen an einem runden Tisch, der eigentlich für vier Personen gedacht war. Aber es waren keine Zweiertische mehr frei. Die Kellnerin nahm die beiden überflüssigen Gedecke weg und fragte nach einem Aperitif.

Ella wollte keinen. Sie meinte, dass sie schon genug Champagner getrunken hätte und lieber direkt zum Essen übergehen möchte.

Auf der Speisekarte suchten sie nach einem Essen, auf das sie Lust hatten.

Wolfer wusste genau, was er wollte. Es war wie immer ein Entrecôte, die Hausspezialität des Restaurants Bürgli, serviert im Pfännchen mit einer leckeren Sauce Café de Paris, dazu feinste Pommes frites à discrétion. Zum Dessert führten der legendäre Bürgli-Schoggichueche und die Panna Cotta ihre

Gaumen in himmlische Sphären.

Ella entschloss sich ebenfalls für das Entrecôte. Wolfer fragte nach einem Wein, aber Ella wollte keinen Alkohol mehr trinken. Sie bestellte Sprudelwasser, kalt.

Bei ihren Recherchen zur Person erfuhr Sophie, dass Ella Fahrner im Hotel Engimatt in Zürich ein Zimmer gebucht hatte. Weiter führten ihre Nachforschungen zu keinem wesentlichen Ergebnis. Ella Fahrner hatte keine Vorstrafen. Sie war registrierte Diamantenhändlerin. Ein kleiner Fleck auf ihrer reinen Weste war, dass sie in Namibia einmal verhaftet wurde wegen Handels mit Blutdiamanten. Aber sonst schien sie sauber zu sein. Sophie gab diese Info weiter an Rico und Maya.

Rico meinte, dass diese Frau wohl in keinem Zusammenhang mit den Brandstiftungen stünde und sie nicht weiter von Interesse sei. Was Wolfer mit ihr zu schaffen hatte, stand für Rico nicht im Vordergrund.

Er schlug Sophie vor, Wolfer doch einmal vorzuladen. Dann könnte man ihm auch gleich Fingerabdrücke abnehmen und diese vergleichen.

Sophie war zwar immer noch der Ansicht, dass es zu früh sei für eine Verhaftung, gab aber dem Anliegen von Rico nach. Sie stellte einen Haftbefehl aus und gab der Polizei den Auftrag, ihn in die Staatsanwaltschaft zu bringen.

Nachdem Wolfer Ella ins Hotel Engimatt gebracht hatte, fuhr er wieder zu seiner Wohnung und legte sich direkt aufs Bett. Er war müde, aber völlig entspannt.

Es klingelte an der Wohnungstür. Als er öffnete, blickten ihm vier Beamtenaugen ins Gesicht. Er wusste, was dies zu bedeuten hatte.

„Lassen Sie mich noch meinen Mantel holen und meine Schuhe anziehen."

Die Beamten gestatteten das und warteten bei der Wohnungstür.

„Dauert es noch lange?", rief einer der Beamten nach einer

Weile.

Es kam keine Antwort. Daraufhin betraten sie die Wohnung und durchsuchten jeden Raum. Wolfer war weg. Die Beamten waren zu leichtgläubig gewesen. Wolfer war über den Erdgeschossbalkon geflohen. Er hatte lediglich einen Meter Höhendifferenz überwinden müssen.

Die Beamten waren sehr verärgert über ihre Ungeschicktheit.

„Das gibt mächtigen Ärger mit Frau Wulschleger", sagte der eine Beamte, und der andere nickte bloss.

Kapitel 13

Vereitelte Festnahme

Als Rico erfuhr, dass Wolfer sich der Festnahme entziehen konnte, war er sehr verärgert über die trotteligen Beamten, die nicht in der Lage waren, ihren Job richtig zu machen.

Maya meinte, sie hätten ja noch ein Ass im Ärmel. Die Dame aus Berlin war, wie sie ja wussten, im Hotel Engimatt in Zürich Enge abgestiegen. „Wir könnten sie observieren und dort auf Wolfer warten. Ich bin sicher, dass er zu ihr geht."

Rico unterstützte den Gedanken. „Aber wir sagen Sophie nichts. Nicht dass sie noch weitere Polizeihelden aufbietet. Erst wenn wir ihn wieder geortet haben, melden wir unseren Erfolg."

Sie fuhren an die Engimattstrasse 14 in Zürich. Dort stellten sie ihr Fahrzeug vor ein Garagentor. Gäste des Hotels durften vor der Garage parkieren. Maya blieb im Wagen sitzen, während Rico in die Lobby des Hotels ging und sich dort in einen bequemen Sessel setzte. Sie hofften, dass sie nicht allzu lange warten müssten.

Nach etwa einer Stunde ging die Lifttür auf und Ella Fahrner stand in der Halle. Sie schaute sich um und ging dann zur Rezeption. Dort übergab man ihr einen Umschlag, den sie rasch in ihre Tasche packte. Gerne hätte Rico gewusst, was in diesem Umschlag war. Dann verliess sie das Hotel durch die Drehtür und ging in Richtung Tramstation. Rico telefonierte Maya und sagte ihr, dass Frau Fahrner auf der Strasse Richtung Tram unterwegs sei.

„Soll ich ihr folgen, hier warten oder gehen wir gemeinsam?", fragte Maya.

„Ich bin gleich bei dir, wir werden die Verfolgung gemeinsam aufnehmen. Wir wissen ja nicht, ob sie Wolfer irgendwo trifft, und dann ist es besser, wenn du nicht allein bist."

So gingen sie in vernünftigem Abstand hinter Ella her. Diese überquerte die Bederstrasse, stellte sich neben die Orientierungstafel der VBZ und wartete auf das Tram Nummer 13.

Maya und Rico warteten auf der anderen Strassenseite und verhielten sich wie zwei frisch Verliebte. Das fiel ihnen natürlich nicht schwer. Schliesslich waren sie beide immer noch ineinander verliebt.

Das Tram nahte und die beiden rannten auf die Mittelinsel. Sie betraten sofort den hinteren Trambereich, da sie annahmen, dass Ella Fahrner weiter vorne eingestiegen war. Als das Tram losfuhr, sah Rico aus dem Fenster Ella, die noch immer an der Haltestelle stand. Er fluchte ziemlich laut, sodass Maya ihn ermahnen musste.

„Wir sind genauso doof, wie die zwei Polizisten", fluchte er und klopfte sich an die Stirne.

„Das ist nicht so schlimm. Die nächste Haltestelle ist nur wenige Hundert Meter entfernt. Wir können zurückrennen oder auf ein anderes Tram warten." Rico war von dieser Idee nicht begeistert und drückte zig-mal auf den Halteknopf.

Ella hatte unterdessen einen Geistesblitz und beschloss, keine öffentlichen Verkehrsmittel zu nehmen. Sie zückte ihr Handy und orderte einen Uber zum Hotel Engimatt. Sie kannte sich nicht gut aus in Zürich. Darum konnte sie nicht sagen, wo genau sie sich befand. Das Hotel war ein guter Ausgangspunkt.

Rico und Maya liefen zügig zum Waffenplatz zurück. Rico war ausser Atem: „Du kannst gut lachen. In meinem Alter geht das nicht mehr so flott."

Maya spottete, dass sie mit ihm wohl mehr Fitness machen müsse. Beide lachten.

Sie sahen, dass Ella nicht mehr an der Tramhaltestelle stand, und waren sich sicher, dass sie Ella verloren hatten. Sie gingen etwas langsamer zum Hotel zurück. Als sie in ihrem Wagen sassen, sahen sie, wie Ella in eine Limousine einstieg.

„Mein Gott, haben wir ein Glück", japste Maya.

Sie nahmen die Verfolgung auf. Rico fuhr sehr nahe hinter dem Wagen her. Er wollte es nicht verlieren, doch Maya ermahnte ihn, mehr Abstand zu halten.

Ella telefonierte mit Wolfer. Er erzählte ihr, dass er fast verhaftet worden sei. Sie wollte ihn sehen und sie verabredeten sich im Montmartre - Café et Bistro an der Weggengasse 4 im Haus zum Weggen in der Altstadt von Zürich. Ein schönes, gepflegtes Haus. Dort konnte man ungestört reden. Aber auch etwas Kleines essen.

Die Limousine fuhr auf den Weinplatz und von da ging Ella zu Fuss weiter zum Café. Wolfer brauchte etwas länger. Er war ja zu Fuss geflohen und wollte nicht erkannt werden, weshalb er auf Taxi und ÖV verzichtete. Vielleicht war das etwas paranoid, aber es war ihm egal. Er lief sehr schnell und war nach einer Dreiviertelstunde ebenfalls am Ort.

Maya stieg ebenfalls aus und folgte Ella ins Café, während Rico einen Parkplatz in der Nähe suchte. Maya setzte sich an einen Tisch, der weit weg war von Frau Fahrner, und bestellte einen Kaffee. Ella Fahrner bestellte nichts. Sie wollte warten, bis ihre Begleitung erschien. Das wurde vom Personal zwar nicht gern gesehen, aber dennoch akzeptiert. Kurz darauf gesellte sich auch Rico zu Maya an den Tisch.

Die beiden glaubten, dass Ella sich mit Wolfer verabredet hatte, und waren gespannt, ob und wann er eintreffen würde.

Nach fünfundvierzig Minuten hatte die Warterei ein Ende.

Wolfer betrat das Café, schaute sich um und setzte sich zu Ella an den kleinen Tisch. Sie küssten sich und gaben sich die Hände.

„Ich glaube, die beiden sind ein Paar", flüsterte Maya und Rico nickte.

Rico war sich nicht sicher, was sie unternehmen sollten, und rief Sophie an: „Wir haben ihn wieder. Was sollen wir machen?"

„Ihr seid nicht befugt, eine Verhaftung vorzunehmen. Ihr müsst auf die Polizei warten", antwortete Sophie.

Rico bat Sophie, die Beamten herzuschicken, und legte wieder auf.

Wolfer und Ella schienen sich gut zu unterhalten. Beide lachten zwischendurch aus vollem Hals. Dann schien die Diskussion etwas ernster zu werden. Wolfer wurde auch laut. Das ertrug Ella nicht und massregelte ihn.

Rico und Maya bekamen lediglich Satzfetzen mit und konnten keine Zusammenhänge erstellen. Aber so viel verstanden sie: Wolfer war sich im Klaren, dass er verhaftet werden sollte. Ella war in keiner Weise verdächtigt, an den Brandstiftungen beteiligt zu sein, sie hatte wohl nichts zu befürchten.

Ella rief die Kellnerin und bezahlte die beiden Getränke. Daraufhin stand Wolfer auf und verabschiedete sich mit einem flüchtigen Kuss auf die Wange. Ella blieb noch einen Moment sitzen, während Wolfer in zügigen Schritten das Lokal verliess.

Polizeibeamte waren keine erschienen, deshalb wollten Maya und Rico die Verfolgung wieder aufnehmen. Sie beschlossen, sich zu trennen. Maya sollte Ella verfolgen und Rico würde sich an Wolfer hängen.

Wolfer überquerte den Weinplatz in Richtung Grossmünster. Plötzlich rannte er. Er sah das Tram Nummer 15 auf die Haltestelle zufahren. Dieses wollte er unbedingt erwischen. Auch Rico begann zu rennen. Wolfer drückte den Türöffner und stieg eilig ein. Das Tram fuhr rasch los. Rico schaffte es nicht rechtzeitig. Er entschloss sich, zur nächsten Haltestelle zu rennen und so das Tram doch noch zu erreichen. Zur nächsten Haltestelle Rathausbrücke war es keine grosse Distanz und es gelang ihm, dort einzusteigen. Er war völlig ausser Atem und setzte sich auf einen Einzelsitz.

Die Fahrt ging weiter und plötzlich sah er einen Beamten der VBZ vor sich.

„Darf ich Ihr Billett sehen, bitte?"

Rico besass natürlich keines. Er hatte keine Zeit gehabt, eines zu lösen. Er versuchte dem Beamten zu erklären, wieso er kein Billett hatte.

„Sehen Sie den Herrn dort vorne. Er steht vor der Tür. Das ist ein Brandstifter und Mörder und ich verfolge ihn, damit er seiner Verhaftung nicht entgehen kann."

Der Beamte lachte nur. „So einen Müll habe ich ja noch nie gehört als Ausrede."

Rico hatte kein Glück. Der Beamte verfügte über keinerlei kriminalistisches Feingefühl und glaubte ihm nicht. Er befahl ihm auszusteigen, damit er seine Personalien aufnehmen könne.

Rico fragte, ob er kurz telefonieren dürfe. Er werde die Staatsanwältin Sophie Wulschleger anrufen, damit sie seine Geschichte bestätigte. Der Kontrolleur liess das zu. Rico hielt ihm sein Handy entgegen und bat ihn, mit Frau Wulschleger zu reden.

„Hier ist Staatsanwältin Wulschleger. Ich bitte Sie, den Mann, er heisst Rico Monn, nicht weiter festzuhalten. Er ist in polizeilicher Mission unterwegs, um einen Verbrecher dingfest zu machen. Ich verspreche Ihnen, dass wir die Busse für das Nichtlösen eines Billettes zu einem späteren Zeitpunkt begleichen werden. Sie brauchen diese lediglich an die Staatsanwaltschaft zuhanden von mir zu schicken."

Der Beamte liess sich überreden und gab Rico einen Einzahlungsschein für die Begleichung der Busse. Hundert Franken war ein üppiger Betrag, fand Rico. Er war aber froh, dass er die Verfolgung von Wolfer weiterführen konnte.

Inzwischen waren sie bereits bei der Haltstelle Bucheggplatz.

Rico wusste aus eigener Erfahrung, dass die Nummer 15 nur bis zum Bahnhof Oerlikon fuhr. Schliesslich wohnte er ja in Oerlikon. Er überlegte sich, wohin Wolfer wohl gehen wollte. Er sollte es bald wissen.

Wolfer stieg an der Endstation, am Bahnhof Oerlikon, aus und begab sich zu den Gleisen. Er wartete auf den Zug in Richtung Flughafen. Er wusste, dass die S2 zu jeder Stunde um .19 oder .49 fuhr. Ein Blick auf die Uhr zeigte ihm, dass er den 19er-Zug erreichen würde. Und dieser fuhr auch schon in den Bahnhof ein.

Wolfer setzte sich in ein Viererabteil und schaute aus dem Fenster. Rico hoffte, dass er nicht ein zweites Mal ohne Fahrkarte erwischt werde, und stieg ebenfalls ein. Die Fahrt dauerte nur gerade fünf Minuten und sie fuhren im Bahnhof unter dem Flughafen ein. „Flughafen Zürich, Endstation, wir bitten alle Passagiere auszusteigen", tönte es aus dem Lautsprecher.

Wolfer schritt über zwei Rolltreppen in die Abflughalle des Terminals B. Rico wusste, dass ab diesem Terminal sowohl

Schengen- wie auch Nicht-Schengen-Flüge starteten. Er versuchte zu erraten, was Wolfer hier machte. Langsam kam ihm der Verdacht, dass er wegfliegen könnte. Er wusste ja, dass er verhaftet werden sollte.

Wolfer betrat den Durchgang zur Sicherheitskontrolle. Rico wusste, dass für ihn hier Schluss war. Er schaute ihm durch die grossen Fensterscheiben nach und sah ihn noch kurz bei der Sicherheitskontrolle, die er mit Leichtigkeit bestand. Rico versuchte in Erfahrung zu bringen, wohin Wolfer flog. Aber da alle Destinationen durch den gleichen Engpass der Sicherheitskontrolle geführt wurden, war es unmöglich, das zu erfahren ohne Einsicht in sein Ticket. Er musste aufgeben.

Rico lehnte sich an einen Gepäckwagen und telefonierte zuerst mit Sophie und dann mit Maya.

Maya berichtete Rico, dass sie ein wenig mehr Erfolg gehabt hatte mit der Verfolgung von Ella Fahrner. Diese sei mit dem Tram Nummer 13 vom Paradeplatz zurück ins Hotel Engimatt gefahren. Und dort sei sie bisher geblieben. Sie selbst sitze in der Lobby und trinke einen Kaffee.

Sophie war nicht begeistert. „Wir sind wieder mal keinen Schritt weiter. Du kannst zwar nichts dafür, aber es ärgert mich trotzdem. Ich versuche über meine Kanäle herauszufinden, welchen Flug er gebucht hat. Ich denke, das lässt sich herausfinden anhand der Passagierlisten aller abgehenden Flüge."

Kapitel 14

Interpolfahndung

Sophie hatte sich entschieden, Frau Fahrner verhaften zu lassen. Sie war der Ansicht, dass sie Wolfer zur Flucht verholfen hatte oder zumindest die Ermittlungen stark behinderte. Das war Grund genug. Sie liess sie durch zwei Polizeibeamte im Hotel Engimatt abholen. Maya, die immer noch im Foyer sass, konnte ihre Augen kaum mehr offen halten. Sie war sehr müde. Es war inzwischen nach neun Uhr abends.

Die Polizeibeamten orientierten sie über das Vorgehen von Frau Wulschleger, sie konnte die Observierung also beenden. Das Auto stand noch vor dem Hotel, dafür war sie sehr dankbar. Sie fuhr auf direktem Weg nach Seebach nach Hause. Rico erklärte am Telefon, dass er mit den Öffentlichen vom Flughafen nach Oerlikon komme.

Ella Fahrner sass im Verhörzimmer und durchsuchte ihre

Handtasche nach dem Lippenstift. Sie öffnete einen Handspiegel und fuhr mit Lipgloss über ihre Lippen. Sophie betrat den Raum und begrüsste Ella.

„Wir haben Sie verhaftet, weil wir Sie verdächtigen, Herrn Wolfer zur Flucht verholfen zu haben und mit seinen Verbrechen in Verbindung zu stehen", begann Sophie.

„Wie kommen Sie denn auf so etwas Unmögliches?"

Sophie erklärte, dass sie beschattet worden seien und entsprechende Beweise vorlägen.

„Ich bin mit Wolfer lediglich befreundet. Geschäftlich haben wir keine Verbindung. Ich bin Diamantenhändlerin und was Wolfer macht, weiss ich nicht", erklärte Ella.

Sophie glaubte ihr das nicht: „Sie sagen, Sie seien befreundet, und da wollen Sie nicht wissen, was er arbeitet?"

„Es ist tatsächlich so, glauben Sie mir doch."

„Es tut mir leid, aber ich kann Ihnen das nicht glauben. Sie haben so engen Kontakt mit Wolfer, dass er Ihnen sicher gesagt hat, was er beruflich macht. Zudem hat er Sie vom Flughafen abgeholt. Sie haben sich geküsst und alles deutet darauf hin, dass sie sich näherstehen, als sie zugeben. Also meine Frage an Sie: Wissen Sie, wohin Wolfer geflohen ist?"

Ella antwortete nicht. Sie hatte sich entschlossen zu schweigen, weil sie sich nicht noch mehr in ihren Aussagen verstricken wollte.

„Sie schweigen. Das ist schade. Auch das deutet darauf hin, dass Sie schuldig sind", meinte Sophie. „Wir nehmen Sie in Untersuchungshaft und werden Sie dem Haftrichter vorführen."

Sophie beauftragte einen Beamten, Ella in die Zelle zu bringen. Sie meinte, dass sie wohl in Kürze reden werde, weil sie sich in einer Zelle nicht zu Hause fühle.

Rico telefonierte mit Sophie und fragte sie, ob sie schon Näheres zum Ziel von Wolfer in Erfahrung gebracht habe.

Sophie sagte, sie habe gerade vor zehn Minuten Bescheid

erhalten, dass Wolfer in einem Flugzeug nach Schweden unterwegs sei. Auf der Passagierliste stehe sein Name.

„Schweden? Was macht er denn in Schweden?", fragte Rico rein rhetorisch.

„Ich habe bereits mit Interpol telefoniert. Da der Flug nach Stockholm etwas mehr als zwei Stunden dauert, ist er noch eine halbe Stunde in der Luft. Interpol hat mir zugesagt, ihn auf dem Flughafen in Stockholm abzufangen und zu inhaftieren. Alles Weitere wird dann zwischen den Ländern geregelt."

Rico war erleichtert, dass es doch noch gelingen würde, ihn dingfest zu machen. Er orientierte Maya und auch sie war froh.

Zwei Beamte der Polizei Stockholm standen am Zollausgang des Flughafens und warteten auf Wolfer. Nachdem der letzte Passagier an ihnen vorbei war, betraten sie die Gepäckhalle und sahen sich nach Wolfer um. Er hatte sich nicht auf dem

Flug befunden. Die Männer informierten ihren Vorgesetzten und sagten ihm, er solle die zuständige Schweizer Behörde kontaktieren, was er umgehend tat.

Sophie war alles andere als begeistert und fragte sich, wieso der Name Konrad Wolfer auf der betreffenden Passagierliste gestanden hatte. Sie rief erneut am Flughafen an und reklamierte den Vorfall. Der Angestellte entschuldigte sich und versprach, nochmals alle Listen durchzugehen.

„Ich melde mich in einer Viertelstunde bei Ihnen."

Sophie war sehr verärgert. So etwas durfte nicht passieren.

Kurz darauf kam der versprochene Rückruf. Der Angestellte entschuldige sich mehrfach.

„Wir haben zwei Passagiere mit dem Namen Konrad Wolfer gefunden. Einer war auf der Passierliste für Stockholm, der andere auf der Liste für den Flug nach Genf. Wir haben natürlich nur die Listen der Auslandflüge durchsucht. Offensichtlich hat er zwei Tickets gekauft. Ich bitte Sie, das Versehen zu entschuldigen."

Sophie mochte nicht länger mit dem Mann reden. Sie fand seine Argumentation lächerlich und war sehr verärgert. Sie verabschiedete sich knapp und kurz.

Sie bat einen Assistenten, sich auf dem Flughafen Genf zu erkundigen, ob sie einen Konrad Wolfer auf einer Passagierliste hätten und wohin er allenfalls weitergeflogen sei.

Der Flughafenangestellte konnte diese Auskunft schnell geben. Niemand mit diesem Namen war auf einer Passagierliste für einen weiteren Flug zu finden.

Sophie ging also davon aus, dass sich Wolfer noch in Genf aufhielt. Sie wusste, dass Genf für den Diamantenhandel von grosser Bedeutung war. Und das brachte sie zur Überzeugung, dass Ella und Wolfer doch im gleichen Business tätig waren.

Sophie orientierte Rico und Maya über die neuesten Ereignisse und bat sie, nach Genf zu fahren. Sie gehe davon aus, dass Wolfer ein paar Tage dort bleiben werde. Sie sollten herausfinden, was er dort trieb. Sie versuche herauszufinden, in welchem Hotel er abgestiegen war.

Wolfer flog nach Genf, weil er dort seinen Auftraggeber für die Brandstiftungen aufsuchen wollte. Sie hatten sich verabredet. Es hatte also nichts mit Diamanten zu tun. Insofern war die Annahme von Sophie falsch.

Sophie rief Rico auf dem Handy an. Maya und er waren kurz vor Genf auf der Autobahn unterwegs.

„Wir wissen, in welchem Hotel er abgestiegen ist. Es ist das Novotel Genève Centre. Es bietet geräumige Zimmer mit Balkon im Herzen der Stadt. Wolfer wohnt in Zimmer 214."

Rico steuerte sein Fahrzeug geschickt bis vor das Hotel und überliess das Auto einem Pagen, der es in die Tiefgarage stellte.

Maya und er sasser in der Lobby des Hotels und schauten sich um. Wolfer war nicht zu sehen. Vielleicht war er auf dem Zimmer. Maya schritt auf die Rezeptionistin zu und fragte nach Wolfer in Zimmer 214. Diese rief im Zimmer an, aber es antwortete niemand.

So setzte sich Maya wieder zu Rico und beide warteten, bis Wolfer kam. Es dauerte vier Stunden, bis er die Lobby betrat. Er ging direkt zum Aufzug und fuhr in den zweiten Stock. Nachdem er sein Zimmer betreten hatte, legte er seine Aktentasche auf das Bett, öffnete sie und prüfte den Inhalt. Die Tasche war prall gefüllt. Darin befanden sich drei Millionen Franken in Hunderternoten. Er legte sorgfältig alle Bündel auf das Bett und betrachtete sie. Zuerst von Nahem, dann von Weitem. Dann legte er sich auf die Bündel und suhlte sich im Geld.

Sein Auftraggeber war zufrieden mit der Abwicklung des Auftrages. Er meinte zwar, es hätten auch weniger Tote sein können, aber schlussendlich sei es ihm egal. Hauptsache, alle Immobilien der Schwestern Leuchli waren zerstört.

Wolfer wollte bis zu diesem Punkt nie wissen, was sein Auftraggeber gegen die Familie Leuchli hatte. Aber jetzt, wo alles erledigt war, fragte er ihn.

„Wieso wollten Sie, dass die Häuser zerstört werden?"

„Das ist eine alte Familienfehde und hat eigentlich nichts mit den Schwestern zu tun. Ich versuchte schon lange, etwas gegen deren Vater zu unternehmen, fand aber nicht die notwendigen Mittel und Beweise. Der Vater war ein Banker und Diamantenhändler. Seine uneheliche Tochter Ella Fahrner ist ebenfalls Diamantenhändlerin. Und ich war Geschäftspartner des Vaters. Was ich aber auch bin, ist der echte Vater von Ella. Vater Leuchli betrog sowohl mich als auch meine Tochter. Einerseits stellte er Ella stets als seine Tochter vor. Ihre Mutter war meine grosse Liebe und er nahm sie mir weg. Sie sagte stets, dass Leuchli der Vater von Ella war, aber eines Tages offenbarte sie mir, dass ich es wäre, ich solle aber nichts sagen. Das fiel mir natürlich sehr schwer. Ich kannte Ella ja kaum und wollte sie unbedingt näher kennenlernen. Als ich mit Ella ins Gespräch kam und wir uns über unsere Geschäftsfelder austauschten, merkten wir sehr schnell, dass Leuchli uns beide übers Ohr gehauen hatte. Und das nicht nur einmal, sondern dauernd. Er entzog dem gemeinsamen Geschäft mehrere Millionen Franken. Dann kaufte er mit dem Geld diverse Liegenschaften. Nach seinem unerwarteten Tod fielen diese Immobilien an die Erben. Ich wollte aber nicht, dass jemand aus unseren Verlusten Profit schlug, und beauftragte Sie, die Häuser zu vernichten."

Wolfer stellte fest, dass das Ganze also ein reiner Racheakt war. Nun, ihm konnte das egal sein. Er wurde fürstlich bezahlt. Er ordnete die Geldbündel wieder und legte sie in die Aktentasche. Diese legte er unter das Bett und beschloss, in der grossen Hausbar einen Absacker zu trinken.

Maya und Rico sahen, wie Wolfer den Lift verliess und in die Hotelbar ging. Dort setzte er sich auf einen der unbequemen Barhocker und bestellte einen Oban Single Malt Whisky. Einen doppelten. Und dazu einen Espresso.

Maya hatte im Vorfeld die Genfer Polizei angerufen und ihnen den Sachverhalt mitgeteilt. Diese betraten soeben die Lobby. Maya lief auf sie zu und erklärte den Beamten, dass Wolfer an der Bar sitze und sofort verhaftet werden müsse. Rico rief Sophie an. Es war zwar schon spät, aber er kannte seit langer Zeit ihre private Handynummer.

„Rico, es ist spät. Ich hoffe für dich, dass es wichtig ist", sprach Sophie laut ins Telefon.

„Ja, es ist wichtig", begann er, „wir haben Wolfer gefunden und die Polizei verhaftet ihn gerade in diesem Moment. Er sass an der Hotelbar, als die Polizei eintraf."

Sophie jauchzte vor Begeisterung: „Endlich ein Fortschritt in diesem unsäglichen Fall."

Auch Rico freute sich, dass der Täter endlich gefasst wurde.

Wolfer fragte die Polizisten, ob er den Whisky noch austrinken dürfe. Rico stellte sich hinter ihn, um zu vermeiden, dass er ein weiteres Mal abhaute. Er trank das Glas in einem Schluck aus, legte seine Hände auf den Rücken und liess sich ruhig die Handschellen anlegen. Die Polizisten nahmen ihn in die Mitte und führten ihn aus dem Hotel zum Polizeiwagen.

Maya lachte und flüsterte zu Rico: „Wir haben ihn!"

Sophie telefonierte mit dem Kommandanten der Genfer Polizei und vereinbarte, dass Wolfer mit einem Wagen nach

Zürich gebracht würde, begleitet von zwei Beamten.

Sophie, Maya und Rico standen im Vorraum vor der undurchsichtigen grossen Scheibe des Verhörzimmers. Sophie ging hinein.

„Guten Tag, Herr Wolfer, mein Name ist Sophie Wulschleger, ich bin die Staatsanwältin und zuständig für Ihren Fall."

„Was wird mir denn vorgeworfen?", wollte er wissen.

„Wir bezichtigen Sie der Brandstiftung mit Todesfolge in sieben Fällen."

„Ich habe nichts damit zu tun, wie kommen Sie darauf?"

„Unser forensischer Brandermittler hat genügend Beweise inklusive Fingerabdruck auf einer Drohne, welche die Explosion überlebt hat.

Wir entnehmen Ihre Abdrücke von diesem Trinkglas, das Sie eben benutzten, und dann werden wir weitersehen."

Wolfer verlangte nach einem Anwalt. Er werde bis zu dessen

Ankunft nichts mehr sagen. Einige Zeit später traf der Anwalt ein und setzte sich neben Wolfer. Sophie verliess den Raum, damit der Anwalt und sein Klient sich beraten konnten. Sie bestätigte den beiden, dass der Raum nicht abgehört oder irgendetwas aufgezeichnet würde.

Die Beratung der beiden dauerte eine halbe Stunde. Dann rief der Anwalt Frau Wulschleger wieder herein.

Maya und Rico sassen im Nebenzimmer hinter der Scheibe und folgten aufmerksam dem Gespräch.

Der Anwalt sprach im Namen seines Mandanten. „Gibt es eine Möglichkeit für einen Deal?"

Sophie war erstaunt. Damit hatte sie nicht gerechnet. „Sie wissen schon, dass siebenfache Brandstiftung mit mehrfacher Todesfolge im Raum steht? Das bedeutet lebenslänglich."

Wolfer meinte, wenn er seinen Auftraggeber bekannt gäbe, könne er mit weniger rechnen. Sophie liess das offen und sagte, dass er zuerst ein Geständnis ablegen müsse. Der Anwalt sagte, dass entspreche nicht einem Deal. Er wolle zuerst hören, was für seinen Mandanten drinliege.

„Herr Anwalt, es gibt keinen Deal ohne Geständnis. Wir reden hier von lebenslänglich und nicht von einer Lappalie. Es gab 31 Tote! Ermordet durch Feuer. Was glauben Sie denn, was hier für ein Deal möglich ist? Denken Sie an einen Freispruch oder an ein paar Jahre weniger Zuchthaus?", fragte Sophie sehr laut.

Der Anwalt blieb ruhig und bat Sophie, nochmals den Raum zu verlassen.

Nach einer weiteren Viertelstunde betrat Sophie erneut den Raum und der Anwalt unterbreitete folgenden Vorschlag: „Mein Mandant schreibt ein Geständnis für die sieben Brände und die 31 Toten. Weiter gibt er Ihnen den Auftraggeber bekannt und zeigt auf, welche Rolle Ella Fahrner spielt. Dafür bekommt er maximal fünfzehn Jahre Haft."

Rico wurde es speiübel bei dem Gedanken, dass dieser Mörder mit nur fünfzehn Jahren davonkommen sollte.

Sophie antwortete: „Wir treffen uns morgen um dieselbe Zeit.

Herr Wolfer wird wieder in die Zelle gebracht, ich muss dieses

Angebot zuerst prüfen."

Kapitel 15

Das Geständnis

Am folgenden Tag kamen alle wieder zusammen. Diesmal nahmen Maya und Rico direkt am Verhör teil. Sie setzten sich auf die Stühle an Wand. Frau Wulschleger stellte die beiden vor und begann die Unterredung.

„Ich habe mir Ihren Vorschlag überlegt und bin unter Berücksichtigung aller Komponenten zum Schluss gekommen, dass ich das Angebot nicht annehmen werde. Es ist nicht möglich, bei 31 Todesopfern eine Strafe von lediglich fünfzehn Jahren zu verhängen. Obwohl auch bei mehrfachem Mord nur eine Singularstrafe verfügt wird, muss ich bei so vielen Toten die Höchststrafe verlangen, also zwanzig Jahre. Ich bin mir sicher, dass jeder Richter diesem Antrag stattgeben wird. Ich kann und werde also keinen Deal eingehen. Wir werden Sie des Mordes an 31 Personen, sowie der sienbenfachen Brandstiftung anklagen, ob Sie nun ein Geständnis ablegen oder nicht. Es ist auch nicht von Belang, wer Ihnen die

Aufträge dafür erteilt hat. Zudem sehen wir keinen Zusammenhang zwischen Frau Ella Fahrner und Ihren Verbrechen."

Der Anwalt schüttelte den Kopf. Er hatte gedacht, dass Frau Wulschleger Hand bieten würde, und gab seinem Bedauern Ausdruck.

Wolfer sass teilnahmslos am Tisch. Er zuckte nicht mal mit den Augen. Es schien, als würde alles an ihm vorbeiziehen.

Sophie beendete das Verhör und bat einen Polizisten, Wolfer wieder in seine Zelle zu bringen. Gleichzeitig verabschiedete sie sich vom Anwalt. Dieser reagierte sehr blasiert und verweigerte ihr den Handschlag.

„Wir sehen uns vor Gericht", drohte er.

Sophie nickte. Maya fand, dass diese Geste nicht von Anstand zeuge und der Anwalt ein dummer Kerl sei. Rico ergänzte das mit einer plakativen Aussage: „Alle Anwälte sind so."

Niemand reagierte darauf, weshalb die Bemerkung im

Nirwana verpuffte.

Maya und Rico waren sehr zufrieden mit Sophie und der Tatsache, dass sie keinen Deal eingegangen war. Rico störte sich einzig daran, dass der Auftraggeber ungeschoren davonkommen sollte. Er nahm an, dass das Motiv Rache sein könnte, aber er wollte es wirklich wissen. Er fragte Maya, ob sie eine Idee habe, wie sie an dessen Namen kämen.

„Ich werde mit Wolfer in der Zelle reden. Vielleicht kann ich ihn überreden, den Namen seines Auftraggebers doch noch bekannt zu geben. Ich versuche es morgen."

„Du musst das aber mit Sophie absprechen. Nicht dass da ein Präjudiz entsteht, das den ganzen Fall gefährdet, oder dass vor Gericht deine Aussage nicht zugelassen wird."

Maya und Rico fuhren nach Hause. Diesmal zu Maya nach Seebach. Rico war noch nie bei ihr gewesen. Er hatte ihr zwar beim Umzug geholfen, aber richtig in ihrer Wohnung war er noch nie.

Maya setzte Wasser auf und stellte zwei Tassen mit

Teebeuteln auf den Tisch. Sie schenkte das heisse Wasser ein und reichte Rico die Tasse. Er stellte sie wieder auf den Tisch und gab Maya zu verstehen, dass er keinen Tee möchte, sondern lieber einen schönen Wein.

„Dann müssen wir auswärts gehen. Ich habe leider keinen Alkohol in meiner Wohnung. Nicht einmal zum Kochen."

Rico stand sofort auf, zog sein Jackett wieder an und telefonierte mit dem Restaurant Ziegelhütte an der Hüttenkopfstrasse 70 in Zürich Schwamendingen.

Sie kannten das Lokal von früheren Besuchen und bekamen quasi als Stammgäste auch einen schönen Zweiertisch. Beide hatten eigentlich keinen Hunger, weshalb sie lediglich ein Tatar bestellten, aber sie hatten grosse Lust auf ein Glas Wein. Sie entschieden sich für eine Flasche Massena, Jayson Colins, Barossa Valley (Mataro, Grenache, Shiraz, Cinsault) aus Australien.

Sie liebten Wein und dieses Erzeugnis des Weinguts Massena gehörte zu ihren Favoriten. Er passte auch sehr schön zu ihrem Tatar. Sie genossen jeden Schluck. Über den schwierigen Fall redeten sie kein Wort. Man merkte ihnen aber an, dass sie mit ihren Gedanken nicht hundertprozentig beim Essen waren, sondern jeder für sich überlegte, wie sie an den Auftraggeber von Wolfer kamen.

Am folgenden Morgen sass Maya bei Sophie im Büro und sie redeten über die Strategie, die Maya bei der Befragung von Wolfer anwenden wollte.

„Ich versuche einfach, ihn zu motivieren, indem ich an seine Ehre appelliere. Ich kann mir vorstellen, dass das immer eine gute Wirkung hat."

Sophie glaubte nicht unbedingt an dieses Vorgehen, wollte aber Maya freie Hand lassen.

So ging sie in den Zelltrakt und stand wartend vor Wolfers Zelle. Ein Wärter kam schnell näher und öffnete die Türe.

„Ich warte vor der Tür. Diese lassen wir einen Spalt offen. Wenn etwas ist, rufen Sie sofort, Frau Engel."

Maya betrat die Zelle. Wolfer sass auf der Pritsche.

„Was wollen Sie?", frage er.

Maya ging behutsam vor und sprach mit sanfter Stimme. „Wissen Sie, Herr Wolfer, ich bin die Assistentin von Rico Monn. Ich habe keine Polizeiausbildung und schaue die ganze Sache aus einem anderen Winkel an. Ich glaube, es wäre für Sie sicher leichter, wenn Sie wüssten, dass Ihr Auftraggeber ebenfalls im Gefängnis sitzt. Wieso wollen Sie alles allein tragen?", begann Maya.

„Ich bin kein Spitzel und kein Verräter."

„Sie sollten berücksichtigen, dass Ihnen nicht mehr viel vom Leben bleibt, wenn Sie aus dem Gefängnis kommen. Das müsste Sie doch motivieren, etwas Gutes zu tun. Die Hinterbliebenen konnten teilweise ihre Angehörigen nicht einmal beerdigen, weil nichts mehr von ihnen übrig war. Sie waren komplett verbrannt. Es muss Ihnen doch etwas bedeuten, diesen Familien einen letzten Gefallen zu erweisen, wodurch sie wenigstens alle Täter hinter Gitter wissen und damit einen Hauch von Gerechtigkeit erfahren."

Wolfer fand, dass Maya eine sehr angenehme Stimme habe. Sie war ihm überhaupt sehr sympathisch. Er dachte, wenn er nicht im Gefängnis sässe, würde er sie anmachen. Maya spürte die Sympathie und spielte damit.

„Bitte lassen Sie uns gemeinsam beten", sagte sie.

Wolfer war mehr als erstaunt über diesen Vorschlag. Es war über dreissig Jahre her, seit er das letzte Mal gebetet hatte. Er war katholisch und musste als Kind dauernd zur Beichte. Das hatte er gehasst. Sobald er volljährig war, trat er aus der Kirche aus und betete danach nie mehr. Eigenartig war nur, dass er den Vorschlag positiv aufnahm. Er verspürte fast das Bedürfnis, mit Maya zu beten.

Maya schaute ihn an, nahm seine Hände in die ihren und faltete sie zum Gebet.

„Herrgott im Himmel, bitte erhöre uns. Wir sind kleine Sünder und bitten dich um Vergebung. Wir haben gesündigt und vielen Menschen Leid zugefügt, was wir bedauern. Bitte hilf uns und gib uns die Stärke, damit wir das wieder gutmachen können. Wir danken dir. Amen."

Wolfer hörte Maya aufmerksam zu und war froh, ja sogar glücklich über die milden Worte.

„Sein Name ist Wilfried Gasser und er wohnt in Genf."

Maya bedankte sich und versprach ihm Vergebung.

„Das haben Sie richtig gemacht. So können Sie ruhig schlafen und wissen, dass Sie die Schmach nicht allein tragen müssen", versprach Maya.

Sie verabschiedete sich, indem sie die Hand von Wolfer drückte und ihn in die Arme nahm. Das war ihm zwar unangenehm, aber er fühlte sich trotzdem wohl bei ihr.

Der Wärter schloss die Tür wieder ab und Maya atmete tief durch. Ihr zitterten noch immer die Knie. Sie war über sich hinausgewachsen und musste sich erst etwas erholen. Der Beamte fragte sie, ob sie ein Glas Wasser benötige, was sie sehr gerne annahm.

Danach ging sie zurück zum Büro von Sophie und nannte ihr den Namen: Wilfried Gasser aus Genf.

Sophie war sehr zufrieden mit Maya. Sie schüttelte ihr die Hand und war rundum begeistert.

„Das ist ja eine Supermethode, die du eben angewandt hast. Was hast du genau gemacht?", wollte Sophie wissen.

„Wir haben gebetet", sagte Maya und lächelte.

Das hatte Sophie natürlich nicht erwartet. Aber wenn es half, dann war es gut.

„Wir müssen nun die genaue Adresse von Gasser herausfinden. Das sollte aber kein Problem darstellen."

Sie telefonierte mit den Genfer Kollegen und erfuhr rasch seine Koordinaten. Danach gab sie der Genfer Staatsanwaltschaft den Auftrag, Gasser zu verhaften und ihn nach Zürich zu überführen.

Am folgenden Tag wurde Gasser bei der Zürcher

Staatsanwaltschaft eingeliefert und direkt ins Verhörzimmer geführt. Sophie hatte leichtes Spiel mit ihm. Sie musste ihm nicht einmal drohen. Er plauderte von sich aus alles aus. Er war sich bewusst, was das für ihn bedeutete. Es war ihm aber egal. Als alter Mann erwartete er so oder so nicht mehr viel vom Leben, also konnte er den Rest auch im Gefängnis verbringen. Gasser legte also ein Geständnis ab und war zufrieden mit sich, den Betrug an ihm und seiner Tochter gesühnt zu haben.

Sophie meldete den Erfolg auch Maya und Rico. Maya wollte nochmals mit Wolfer in der Zelle reden.

„Wieso willst du das?", fragte Rico.

„Ich denke, dass ich ihm das schuldig bin. Er hat mit der Bekanntgabe seines Auftraggebers den Fall zu einem gute Ende gebracht."

Also fuhren sie zu Sophie und Maya unterbreitete ihren Wunsch.

„Ich sehe da kein Problem", meinte Sophie und beauftragte

einen Beamten, Maya zur Zelle zu führen.

Es war nicht mehr der gleiche Beamte, der ihr die Tür öffnete.

„Scheisse, was ist denn das? Holen Sie sofort Hilfe", schrie Maya.

Der Beamte rannte los und holte den Gefängnisarzt. Dieser bückte sich zu Wolfer und stellte nur noch seinen Tod fest.

„Er hat sich mit einer Bettfeder die Kehle durchgeschnitten. Er ist schon seit zirka sechs Stunden tot. Da können wir nichts mehr machen", gab der Doktor bekannt.

Maya rannte zurück zu Sophie und berichtete ihr, was geschehen war.

Sophie war nicht sonderlich überrascht: „Ich habe vermutet, dass er irgendwas in dieser Richtung vorhat, deshalb haben wir ihm alles abgenommen, was für ihn gefährlich sein könnte. Aber an die Stahlfedern im Bett haben wir natürlich nicht gedacht. Nachdem du mit ihm gebetet hast, dachte ich mir, dass er mit den vielen Todesfällen nicht klarkommt.

Darum überrascht es mich nicht wirklich."

Maya konnte das kaum glauben. So hatte sie Sophie noch nie gehört. Sie fand das ziemlich kaltschnäuzig.

„Nun denn, es ist, wie es ist. Der Fall scheint trotzdem gelöst", sagte sie nur.

Rico und Maya sassen im Gerichtssaal, wo gegen Gasser verhandelt wurde. Dieser sass teilnahmslos auf seinem Stuhl und hörte der Staatsanwältin Wulschleger zu.

Es war ein leichtes Spiel. Die Verteidigung plädierte auf Geheiss des Mandanten auf schuldig. Sie wollte einzig erwirken, dass er nicht die Höchststrafe erhielt. Der Richter jedoch war erbarmungslos. Er eröffnete bei der Urteilsverkündung, dass 31 Menschen zu Tode gekommen waren, nur weil Gasser Rache nehmen wollte. Und dafür hatte er kein Verständnis. Er verurteilte Gasser zu achtzehn Jahren Zuchthaus ohne Aussicht auf Bewährung.

ENDE

Rico Monn

BAND 1

auch als E-Book erhältlich

Ein sehr teures Bild wird gestohlen und dann übermalen. Der ehemalige Besitzer wird durch die Versicherung entschädigt, gibt aber einen Auftrag an einen dubiosen Mann, das Bild wieder zu beschaffen, sodass er das Geld und das Bild hätte. Einige Personen bezahlen für das Finden des Bildes mit dem Leben. Kommissar Dias Rico Monn, versucht den komplexen Fall zu lösen, strauchelt aber immer wieder über Leichen.

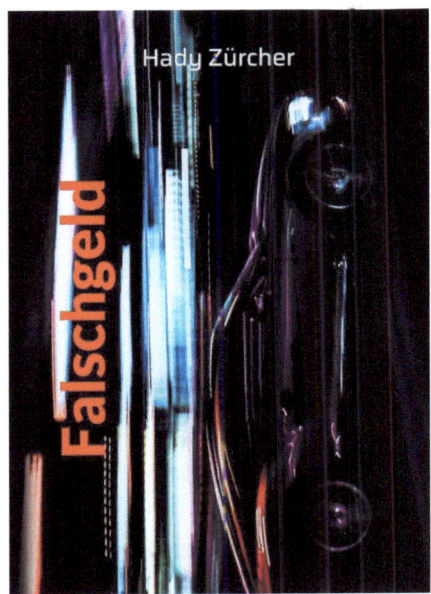

Rico Monn

BAND 2

auch als E-Book erhältlich

Privatdetektiv Rico Monn bekommt seinen ersten Auftrag. Er soll für die Bundesstaatsanwaltschaft gegen eine Fälscherbande ermitteln. Diese stellt Blüten im grossen Stil her. Der Zürcher Mafiaboss Teslov beabsichtigt den gesamten europäischen Markt mit Falschgeld zu überschütten.

Thriller

auch als E-Book erhältlich

Eine international tätige Nazigruppe hat sich zum Ziel gesetzt, in Deutschland eine neue Partei zu gründen und das Gedankengut des Nationalsozialismus wieder in die Gesellschaft zu bringen. Dazu stellen sie ein riesiges Vermögen zur Verfügung und versuchen mittels medien- wirksamen Tötungsaktionen die politische Stimmung anzuheizen.

Märchen für Grosse

Baba, Paula und Pablo finden sich in einem grossen Abenteuer auf der Suche nach der Zeit. Sie reisen durch lange und spannende Träume und begegnen vielen Gestalten, welche ihnen den Weg zu den Zeigern der Uruhr weiser …

Rico Monn

BAND 3

auch als E-Book erhältlich

Rico Monn soll sich in eine Sekte einschleusen und Beweise sammeln, die zu einer Anklage des Sektenführers führen. Doch Monn kommt in einen Sog und wird aktives Mitglied der Sekte. Der Sektenführer Holger Brand ist in mehreren krimi- nellen Richtungen tätig. Einerseits organisiert er Anschläge auf Züge und erpresst die Gesellschaften. Dann ist er im Menschenhandel tätig und zu guter Letzt ist er dem Satanis- mus verfallen. Für Monn ein schwieriges und undurchdringbares Dickicht von Verfehlungen.

Thriller

auch als E-Book erhältlich

Ramona Hauser-Stoll, Partnerin einer Rohstoffhandelsfirma mit hervorragender Reputation, wird getötet. Kurz darauf sind auch alle drei weiteren Partner tot. Kommissar Dias fischt im Trüben, bis die Ermittler durch Zufall einen Beweis finden, dass der Sohn der ermordeten Partnerin, den sie seinerzeit zur Adoption freigab, für all die Morde verantwortlich sein könnte. Dias versucht dem Serienkiller das Handwerk zu legen, was aber kein leichtes Unterfangen darstellt. Die Haupterben Ehemann Jan Hauser und ihre uneheliche Tochter Sabrina verlieben sich ineinander. Sie helfen dem Kommissar bei der Ergreifung des Täters.

Rico Monn

Band 4

auch als E-Book erhältlich

Der Inhaber einer Baumeisterfirma ist hoch verschuldet. Er fordert ungerechtfertigte Guthaben ein und stopft mit diesen Geldern Löchern. Dies führt dazu, dass die an einem Bauobjekt beteiligten Unternehmen keine Zahlungen erhalten. Sie sind demnach gezwungen ein Bauhandwerkerpfand eintragen zu lassen. Das Verhalten des Konkursiten bringt viele Unternehmen in arge Bedrängnis.

Auch schuldet er diversen Etablissements viel Geld. Dann wird er und sein Vater getötet und Rico Monn muss diesen brisanten Fall lösen.

Rico Monn

Band 5

auch als E-Book erhältlich

Susan Howard wird entführt, zum Zweck ihr die Organe zu entnehmen und damit andere Leben zu retten. Ihr Ehemann sucht sie überall und trifft in Neive auf das Paar Rico Monn und Maya Engel, die den verdienten Urlaub verbringen. Die beiden Detektive helfen dem Ehemann, seine Frau zu suchen. Ein Chirurg und ein Anästhesist betreiben aktiv Organhandel, indem sie junge und attraktive Menschen entführen, diese in ein Koma versetzten und einlagern. Doch etwas geht schief.

Ein weiterer spannender Fall für Rico und Maya.

Hans-Peter Zürcher wurde 1956 in Zürich geboren und hat hier seine gesamte Schulzeit absolviert.

Nach seinem Architekturstudium am Abend-Technikum und an der ETH Zürich, eröffnete er 1981 sein eigenes Architekturbüro, ebenfalls in Zürich.

Auch heute nach seiner Pensionierung ist er noch als Architekt tätig, widmet sich aber mehrheitlich dem Schreiben. Er schreibt unter seinem Jugendnamen Hady Zürcher.

Sein erstes Buch war ein modernes Märchen, erschienen im Verlag der Schweizerischen Literaturgesellschaft.

Seine Leidenschaft aber, ist der Kriminalroman:

Der Protagonist einer Serie von Romanen, Rico Monn, ist zuerst Polizist, dann Privatdetektiv und bearbeitet spannende Fälle aus verschiedenen Milieus.

Der erste Thriller trägt den Titel „Unternehmen Frankfurt"
Der zweite Thriller trägt den Namen „Das Testament"

Alle erschienen im BoD Verlag, Norderstedt, Deutschland

© 2025 Hady Zürcher

Verlag: BoD · Books on Demand GmbH, In de Tarpen 42,
22848 Norderstedt, bod@bod.de
Druck: Libri Plureos GmbH, Friedensallee 273,
22763 Hamburg
ISBN: 978-3-7597-8516-9